庭仕事の愉しみ

ヘルマン・ヘッセ

フォルカー・ミヒェルス＝編

岡田朝雄＝訳

草思社文庫

HERMANN HESSE

FREUDE AM GARTEN

Betrachtungen, Gedichte und Bilder.

Herausgegeben und mit einem Nachwort versehen von Volker Michels

庭仕事の愉しみ◉もくじ

庭仕事の愉しみ

庭にて

庭をもつ人にとって、今はいろいろと春の仕事のことを考えなくてはならない時期である。そこで私はからっぽの花壇のあいだの細道を思案にふけりながら歩いて行く。道の北側の縁にまだ黄ばんだ雪がほんの少し残り、全然春の気配も見えない。けれど草原では、小川の岸や、暖かい急斜面の葡萄畑の縁に、早くもさまざまなみどりの生命が芽を出している。初めて咲いた黄色い花も、もう控えめながら陽気な活力にあふれて草の中から顔を出し、ぱっちりと見開いた子どもの目で、春への期待にあふれた静かな世界を見つめている。が、庭ではユキワリソウのほかはまだ何もかも眠っている。この地方では春とはいえ、ほとんど何も生えていない。それで裸の苗床は、手入れされ、種が蒔かれるのを辛抱強く待っている。

散歩者と日曜日の自然愛好者にとっては、ふたたび楽しい時期だ。彼らはあちらこちらぶらつきながら、復活の不思議を満足して見物することができる。彼らは草原のみどりが、陽気で多彩な春を告げる花々で刺繍され、木々がねばねばした芽でおおわれるのを眺め、家に帰って部屋に活けるために銀色のネコヤナギの枝を切り取り、このすばらしい自然の景色を観察して、すべてのものがきまった時期にちゃんと成長し、芽を吹き、花を咲かせはじめることが、なんと簡単に、当然のことのように起こるものかと驚嘆してよろこぶ。彼らはたしかにいろいろと考えはしても、まったく何の心配もしなくてよい。ただ目の前にあるものを見ているだけで、夜の霜も、コガネムシの幼虫も、ハツカネズミも、その他の被害も心配する必要がないからだ。

庭をもつ者は、この時期にはそれほどのんびりとしてはいられない。彼らは庭を歩きまわり、冬のうちにしておかなくてはならなかった多くのことがなおざりにされているのに気がつく。今年はいったいどんなことになるのだろうかと思案し、昨年具合のよくなかった苗床や木々を憂慮しながら観察し、種子と球根の在庫を数えなおし、庭仕事の道具も調べて、鋤の柄が折れていたり、木バサミが錆びていたりするのに気がつく。

――もちろんこのようなことはすべての人に当てはまることではない。専門の庭師は、冬のあいだにも仕事のことを考えていたし、多くの熱心な園芸愛好家や賢明な主婦は、何もかも準備がととのっている。どんな道具も欠けていないし、小刀も錆びていないし、種子の袋が湿っていることもなく、地下室で腐ったり、なくなったりした球根や塊根はひとつもない。新しい年の庭のプランもすべてできあがって、よく考えられており、ひょっとしたら必要になるかもしれない肥料もあらかじめ注文ずみである、というように、とにかく一切のものが模範的に準備されている。彼らに幸いあれ。彼らは称賛と驚嘆に値する。そして彼らの庭は、今年も私たちの庭よりもすばらしく輝き、何カ月ものあいだ私たちを恥じ入らせることだろう。

けれど、彼らとは違う私たちは、これに対してはどうすることもできない。ディレッタントで怠け者で、夢想家で冬眠者の私たちは、またしても今、春に不意打ちされたのに気がついて、うかうかと快い冬の夢を見て過ごしていたあいだに、勤勉な隣人たちがきちんとしてきたことを眺めて驚く。私たちは恥じ入るばかりだ。突然しなくてはならないことが殺到する。そこで、なおざりにしたものをとりかえそうとして一所懸命になり、ハサミを研がせ、大急ぎで種子屋に手紙を出したりしているあいだに、また半日か丸一日がむだに過ぎてしまう。

結局は私たちもどうにか準備を終わり、仕事にとりかかる。庭仕事は、はじめの数日はいつものことながら期待にみちて、楽しく、わくわくするけれど、やはりつらいもので、今年はじめての汗が額をつたって流れ、長靴がやわらかな重い地面に沈みこみ、鋤の柄をもつ手が腫れて痛みはじめるころには、やさしく、やわらかな三月の太陽は早くもほんの少し暖かすぎるように感じられてくる。骨の折れる数時間ののち、疲れて、背中を痛めて家に帰ると、そこでは暖炉の暖かさが、じつに奇妙に場違いで、滑稽なものに感じられる。夜にはランプのもとで、私たちの園芸の本を読む。そこには非常にたくさんの心をそそられる事柄や章が並んでいるけれど、たくさんのつらい、気乗りのしない仕事についても書かれている。いずれにしても自然は好意的で、結局は不精者の庭にも、ひと畝のホウレンソウ、ひと畝のレタス、すこしばかりの果物と、目を慰めてくれるよろこばしい、あふれるばかりの夏の花々が育つであろう。

骨の折れる初めての地面の掘り起こしをしていると、コガネムシの幼虫や、いろいろな幼虫や、甲虫類や、クモ類が出てくる。私たちは陽気な怒りをこめてそれらを退治する。すぐ近くでは、人なつこくツグミがさえずり、シジュウカラがおしゃべりをしている。灌木や樹木は元気に冬を越した。その茶色の芽は脂っこく、希望にみちて笑い、バラの小枝は風に軽くゆれて、未来の華麗さを夢見てうなずいている。一刻一刻、すべてのものがまた私たちに親しいものになってくる。私たちはいたるところに夏を予感する。そして慨嘆して首を振る。どうしてこの長い、息苦しい冬を辛抱することができたのか、もう理解できないからだ。庭のない、香りのない、花のない、みどりの葉のない、長い、暗い五カ月間は、これはもう悲惨そのものではないか！

しかし、今ふたたび一切のものが始まる。今日はまだ庭が荒涼としているとはいえ、そこで働く者にとっては、なんといってもすべてが芽の形で、想像の中ですでに存在しているのだ。苗床はもう生きている。ここに淡緑色のレタスが生え、そこにおどけたエンドウが、あそこにイチゴが実るだろう。私たちは掘り起こした地面をならし、ひもを張って種子を蒔く予定の溝を真っすぐに引く。そして縁取りの花壇の中に、予測的に色彩と形を配分する。青と白をよせ集め、晴れやかな赤をそのあいだにふりまき、ここはワスレナグサで縁どり、あそこはモクセイソウで縁どり、鮮烈な色のキンレンカを惜しげもなく使い、夏の軽食とワインを楽しむときのために、あちらこちらに赤カブの場所もあけておく。

仕事がはかどるにつれて、子どもじみた歓喜の高まりはやわらぎ、そしておさまる。このささやかな、無邪気な園芸は、もっと違った種類の共感と着想によって私たちに不思議な感動をもたらす。つまり園芸には創造のよろこびと、創造者の思い上がりといったようなものがある。私たちはわずかばかりの土地を、私たちの考えと意志にしたがって形づくることができる。私たちは夏のために自分の好きな果実や、好きな色や香りをつくることができる。私たちは小さな苗床を、数平方メートルの裸の地面を、色彩の波浪に、目の慰めに、そして天国の小庭にすることができる。

けれどもやはりそれにも固有の厳しい限界がある。結局のところ私たちは、どんなに欲張っても、想像力を働かせても、やはり自然が望むところのものを望まざるを得ず、自然に創造させ、自然に任せるほかはない。そして自然は仮借のないものである。自然はへつらうものに少しばかり与え、一度はだまされるように見えても、そのあとでその分だけ一層きびしく自分の権利を要求する。

私たちは趣味の庭師として、暖かい季節のあまりにも短い二、三カ月のあいだに多くのことを観察することができる。もしそれを望み、楽観的な性分であれば、楽しいことばかりが見えてくる。生み出し創り出すときのあふれるほどの大地の力とか、形象や色彩における自然の戯れとファンタジーとか、人間のことをいろいろ連想させてくれる愉快な小さな生きものなどである。

栽培植物の中にも、いわゆる優れた家政管理人と無能な家政管理人、倹約家と浪費家、誇り高く欲のないタイプと居候タイプがある。その性質と生活が小市民的で、平凡な植物があるかと思うと、まったく大名か道楽者のように生きるものもある。植物の中にもよい隣人や悪い隣人があり、友情も反感もある。粗野に、奔放に、際限なく成長して、生きて死ぬ栽培植物がある。そうかと思うと目立たない、苦難の生涯を通じてかろうじて飢えをまぬがれて生きるあわれなハンディキャップをもつものもある。多くの植物は、子孫をつくり、殖え、とほうもなく豊かに繁茂する。また、私たちが苦労してその子孫を誘い出さなくてはならない植物もある。

私がいつも驚き、考えこまずにいられないことは、このような庭園の夏が来て、過ぎてしまう、その非常な早さとあわただしさである。数カ月のあいだに――この短い時間に、さまざまな生き物が花壇の中で成長し、繁栄を誇り、生きて、枯れて、死んで行く。ひとつの花壇にいっぱいの若い植物が植えられ、水が注がれ、肥料が与えられたかと思う間に、それはもう芽を出し、成長し、そのはかない繁栄を誇り、――そして月が二、三度変わるか変わらないうちにその若い植物はもう老いて、その目的を果たし、根こそぎにされ、新しい生命に席を譲らなくてはならない。勤勉に働こうが、怠けて過ごそうが、そんなことにはおかまいなく、庭師の場合ほどこんなに恐ろしいほど早く、ひと夏があわただしく過ぎ去ってしまうことは、ほかには例がない。

そしてひとつの庭の中ではすべての命あるものの密接な循環がほかのどこよりもずっと緊密に、ずっとはっきりと、そしてずっとわかりやすく見ることができる。庭の季節が始まるか始まらないうちに早くも、屑や、死骸や、切り取られた若枝や、刈りとられた茎や、押し潰されたりして死んだ植物が出てくる。そして週ごとにそれは増えてゆく。それらはみんな台所のごみ、リンゴやレモンの皮や、卵の殻や、いろいろな種類のくずとともに堆肥の山に積まれる。それらがしおれ、朽ちて、消滅することはどうでもよいことではない。それは大切にされ、投げ捨てられるものなどひとつもない。庭師が入念に管理してきたその醜い堆肥の山を、太陽や、雨や、霧や、風や、寒気が分解する。そしてまたほとんど一年もたたぬうちに、庭のひと夏が終わらぬうちに、死んでしまったすべてのものは早くも腐敗して、ふたたび大地に帰って行き、大地を肥沃に、黒々と、実りゆたかなものにしなくてはならない。そして、まもなくふたたび、陰気な塵芥と屍の中からあらたに若芽、若枝が伸びてくる。腐敗し分解されたものが、力強く、新しい、美しい、多彩な姿になってよみがえってくるのだ。

そしてこの単純で確実な循環全体が、どんな小さな庭でも、ひそかに、すみやかに、まぎれもなく進行している。この循環については、人間はいろいろむずかしいことを考え、すべての宗教はこれを畏敬をこめて解釈している。どんな夏も、前の夏の死によって養われないものはない。そしてどんな植物も、土から生まれたと同じく、ひそかに、確実に、土に帰って行く。

私は自分の小さな庭に、楽しい春の期待をこめて、インゲンやレタス、モクセイソウやコショウソウの種を蒔き、それらに前年の作物の残滓《ざんし》を肥料として与え、前年の作物のことを思い返し、新たに生えてくる植物に思いをはせる。誰でもそうであるように、私もこの整然とした循環を、当然の、しみじみと心にかなうこととして受け入れる。そして、ほんのときおり、種を蒔いたり、収穫をしたりするときに、心の中で、数瞬間、この地上のあらゆる生き物の中でひとり私たち人間だけが、この事物の循環に不服を言い、万物が不滅であるということだけでは満足できず、自分たちのために、個人の、自分だけの、特別なものをもちたがるというのはなんと不思議なことであろうかと、思うことがある。

（一九〇八年）

ボーデン湖畔の庭で、ヘッセと長男ブルーノ、1908年秋（31歳）

九月

庭は悲しんでいる
冷たく花々の中へ雨が降る。
夏はひそかに身震いする
己の終末を迎えて。

黄金色の葉がひとひらひとひら
高いニセアカシアの木からしたたり落ちる。
夏はいぶかしげに力なく微笑む
死んでゆく庭の夢の中で。

まだしばらくバラのところに
夏は立ち止まっているが　休息にあこがれている。
ゆっくりと夏は閉じる
大きな　くたびれた目を。

幼年時代の庭(1)

　ある朝、私は一冊の本と、ひときれのパンをポケットに入れて家を出て、気の向くままに歩いて行った。少年時代にいつもそうしたように、私はまず家の裏の庭へ入った。そこにはまだ日が当たっていなかった。父が植えたモミの木立、私がまだほんの幼い、細い若木だったのを覚えているモミの木立ががっしりと高くそびえ、その下には淡褐色の針葉が積もっていた。そこには数年来ツルニチニチソウのほかは何も育とうとしなかった。が、そのかたわらの細長い縁どり花壇には、母の植えた宿根草が生えていて、豊かに、楽しげに花をつけていた。その中から日曜日ごとに大きな花束が摘まれたものであった。そこには小さな花が朱色の束になって咲く植物があって、「燃える恋」(2)と呼ばれていた。また、細い茎にハート型の赤と白の花をたくさんぶら下げる一株のやわらかな多年草があって、これは「女性のハート」(3)と呼ばれていた。またもうひとつの多年草の株は「鼻持ちならぬうぬぼれ」(4)と呼ばれていた。その近くに背の高いアスターが生えていたが、まだ花の咲く時期ではなかった。それらのあいだに、やわらかいとげをもった肉厚のクモノスバンダイソウと、かわいらしいマツバボタンが地面をはっていた。

この長くて狭い花壇は私たちのお気に入りで、夢の庭であった。そこには、二つの丸い花壇に生えているバラ全部よりも私たちにはすばらしく、愛らしく思われたいろいろな珍しい花が生えていたからである。ここに日が射してきて、キズタにおおわれた壁を照らすと、ひとつひとつの草花がそれぞれまったく独特のおもむきと美しさを見せるのだった。

グラジオラスは豊満にどぎつい色で咲き誇り、ヘリオトロープは青く、自分のきつい匂いに呪縛されたようにひたり、ヒモゲイトウはおとなしくしおれたように垂れ下がっているかと思うと、オダマキは思いきり伸び上がって、その四重構造の夏の釣鐘を鳴らしていた。アキノキリンソウのまわりと、青いフロックスの花にはミツバチが羽音も高く群がり、びっしり生い茂ったキズタの葉の上を、小さな茶色のクモがいくつもせわしげにすばやく行ったり来たりしていた。アラセイトウの上の空中では、胴体が太く、ガラスのような羽をした、あの敏捷で不機嫌そうな音を立てて飛ぶ蛾が震えていた。これらはスカシバとか、ホウジャクとか呼ばれていた。

休日のくつろいだ気分で、私は花から花へと歩き、あちらこちらで芳香を放つ散形花の匂いをかいだり、指先で注意深くひとつの花の萼を開いてのぞきこんで、神秘的な白っぽい色のうてなと、花弁の脈や、めしべや、やわらかい毛のあるおしべや、透きとおった導管などの絶妙な配列を観察したりした。そのあいだに私は雲の多い朝の空を眺めた。そこには、細い縞となってたなびく靄(5)と、羊毛のようにふわふわした小さなうろこ雲が、奇妙に入り乱れて広がっていた……

不思議な、あるひそかな不安を感じながら、私は少年時代に喜びを味わった、なじみの場所を見まわした。小さな庭や、花で飾られたバルコニーや、湿った、日の当たらない、敷石が苔で緑色になった中庭が私を見つめた。それらは昔とは違った顔をしていた。花たちさえもつきることのないその魅力をいくぶんか失っていた。庭の隅に古い水桶が水道の栓とともにひっそりとそっけなく立っていた。そこで昔、私は木の水車をとりつけ、半日ものあいだ水を出しっぱなしにして、父を悩ましたものだった。路上にダムや運河を築いて、大洪水を起こしたのである。風雨にさらされたその水桶は、私にとって忠実なお気に入りで、気晴らしの相手であった。それを見つめていると、あの子どもの頃のよろこびの余韻さえパッと心に浮かんでくるのであった。が、それは悲しい味がした。その水桶はもう泉でもなく、大河でもなく、ナイアガラ瀑布でもなかった。

物思いにふけりながら、私は垣根をよじ登って越えた。一輪の青いヒルガオの花が私の顔にかるく触れた。私はそれを摘みとって口にくわえた。そのとき私は、散歩をして、山の上から町を見下ろしてみようと心に決めていた。散歩をするのも、本当に楽しい企てではなかった。以前ならば決して思いつくことなどなかっただろう。少年は散歩などしない。少年は、森へ行くなら盗賊か、騎士か、あるいはインディアンになって行く。川へ行くなら筏乗りか、漁師か、あるいは水車作りになって行く。草原へ走るのは、蝶の採集か、トカゲ捕りに行くのだ。こうして私の散歩は、自分が何をしたらよいかわからない大人の、上品だが少々退屈な行為のように思われた。

青いヒルガオはまもなくしぼんで投げ捨てられた。そして今度はもぎ取ったブナの小枝をかじった。苦い、香ばしい味がした。高いエニシダの生えている鉄道の土手のところで一匹のみどり色のトカゲが私の足もとを走って逃げた。すると、また私の心に少年の気持ちがふっと目覚めた。私はじっとしていられず、走ったり、しのび寄ったり、待ちぶせしたりして、ついに日に当たって温かな、おくびょうなトカゲを両手に捕らえた。私はその光沢のある、小さな宝石のような眼をのぞきこみ、少年のころの狩りの楽しみの余韻を味わいながら、そのしなやかで力強いからだと固い足が私の指のあいだで抵抗し、突っ張るのを感じた。だがそれからよろこびは消えてしまった。捕まえた動物をどうしたらよいのかまったく分からなくなった。どうすることもできなかった。それを持っていてももう幸福感はなかった。私は地面にかがみこんで、手を開いた。トカゲは一瞬おどろいて、横腹をはげしく息づかせながらじっとしていたが、それからわき目もふらずに草の中へ姿を消した。汽車が輝く鉄路を走って来て、私のそばを通り過ぎた。それを見送った私は、一瞬非常にはっきりと、ここではもう私の本当のよろこびが花咲くことはない、と感じた。そして、あの列車に乗って世の中へ出て行きたいと、心の底から思った。

（一九一三年）

(1)幼年時代の庭＝これは短編小説『大旋風』（一九一三）からの抜粋。
(2)「燃える恋」＝和名アメリカセンノウ。学名 *Lychnis chalcedonica* ナデシコ科センノウ属。夏から初秋まで鮮紅色の花を咲かせる。
(3)「女性のハート」＝和名ケマンソウ。学名 *Dicentra spectabilis* ケシ科コマクサ属。桃色のハート型の花を、一花柄に十個ほど下垂させる。
(4)「鼻持ちならぬうぬぼれ」＝学名 *Tagetes patula* 和名コウオウソウ（紅黄草）、別名クジャクソウ（孔雀草）、マンジュギク（万寿菊）。英名フレンチ・マリーゴールド。
(5)広がっていた……＝……は以下に編者による省略があることを示す。次行が唐突な感じがするのは、そのためである。

青春時代の庭

私の青春は　ひとつの庭園であった
銀色の噴水が草地の中で吹き出し
老いた樹々の夢のように青い影は
私のむこう見ずな夢の情熱を冷やしてくれた。

渇きを覚えながら今私は暑い道をたどり
私の青春の地は閉ざされたままだ
バラの花が塀ごしにうなずく
私の遍歴をあざ笑うかのように。

あの涼しい庭のこずえのざわめきが
私から遠のけば遠のくほど
私はいっそう深く心から耳をすまさずにはいられない
あの頃よりもずっと美しくひびく歌声に。

外界の内界

すでに幼い子どもの頃、私はたえず自然の珍奇な形を眺める癖があった。それは観察するというのではなく、その独特な魔力に、複雑な深い言葉に没頭したのである。磨かれた長い木の根、岩石の中の多彩な条紋、水に浮かんだ油の斑紋、ガラスの中の亀裂——そのほか似たようなすべてのものが私にとって時として大きな魔力をもった。とりわけ、水、火、煙、雲、ほこり、そしてとくに眼を閉じたときに見えるぐるぐるまわる色彩の斑点などが……

このような形象を見つめ、不合理で、複雑で、奇妙な自然の形に熱中していると、私たちの心と、そういう形象を成立させた意志とが一致するものであるという感じをもつようになる。——そしてまもなく私たちはこれらの形象を、私たち自身の気分であり、自分たちの創造の産物であると考えたい誘惑を感じるようになる。——私たちは自分たちと自然とのあいだの境界がゆらぎ、溶けてしまうのを見、私たちの網膜に映るさまざまな形象が外部からの印象によるものか、それとも私たちの内部から生じたものかわからないような気分になる。

　私たちは、このような形象を見つめている場合ほど簡単容易に、私たちがどんなに熱心な創造者で、どんなに私たちの魂がいつも世界のたえまない表象の創造に関与しているか、という発見をすることはない。むしろ私たちの内部で働いている神性と自然の中に働いている神性とは同一不可分のものなのである。それゆえ、もし外界が滅んでしまうようなことがあっても、私たちのうちの誰かがその外界をふたたびつくりあげることができるであろう。山や川、木や葉、根や花など、自然界のあらゆる形成物は私たちの内部にあらかじめ形成されて存在し、私たちの魂に由来するからである。その魂の本質は永遠の生命であり、その本質を私たちは感じとれないけれど、たいていの場合、愛の力、および創造の力として感じられるものである。

（一九一九年）

弟に

私たちが故郷で再会するときは
うっとりと家中を歩きまわろう
なつかしい庭に長いこと立ちつくそう
昔　奔放な少年のころ遊んだ庭に。

そしてふるさとの教会の鐘が鳴り渡れば
私たちが外の世界から分どってきた
いろいろな豪華なものも　もう何ひとつ
私たちをよろこばせ　うっとりさせはしない。

静かに私たちはなつかしい道をたどり
少年の頃の緑の国を通って行く
私たちの心にあの頃がまるで美しい伝説のように
見なれぬもののように大きくよみがえる。

ああ　私たちを待っているどんなものも
もうあんなに澄んだ輝きはもたないだろう
私たちが少年のころ毎日庭で過ごし
蝶を捕まえたあの頃のようには。

ボーデン湖のほとりで①

自分の庭というものを私はそれまでもったことがなかった。庭をもったからには、それを自分で設計し、植物を植え、手入れしなくてはならないのは、私の土地に関する考え方からすれば当然のことであった。

それを私は実際に何年間かやった。私は庭に薪と庭仕事の道具を入れるための納屋を建てたり、私に助言をしてくれる農夫の息子といっしょに道や花壇の区画を決めたり、いろいろな木を植えたりした。クリの木を数本、ボダイジュとキササゲを一本ずつ、ブナの生け垣、たくさんのラズベリーの茂み、美しい果樹などである。果樹の若木は冬に野ウサギやノロジカにかじられて台なしにされてしまった。ほかの木はみんなみごとに生い茂った。その上私たちは当時、イチゴ、ラズベリー、カリフラワー、エンドウ、サラダ菜などをありあまるほど収穫した。それと同時に私はダーリアを栽培した。そして一本の長い並木道をつくった。両側にみごとな大きさの数百本のヒマワリが立ち並び、その足もとに何千本もの赤や黄色などさまざまな色あいのキンレンカの生えた道である。

ガイエンホーフェン(2)でも、ベルン(3)でも、私は少なくとも十年間は、ひとりで、自分の手で野菜や草花を植え、花壇に肥料をやり、水を注ぎ、道の草を取り、たくさんの自家用の薪をすべてノコギリで挽き、斧で割った。それはすばらしく、有益であったけれど、しまいにはつらい苦役となった。農夫のまねごとは、遊びであるうちは好ましいことであったが、習慣となり義務になってしまうと、その楽しみは失われてしまった……。

ところで、私たちの心が環境の姿をどんなにひどく加工し、変造し、というよりもむしろ修正してしまうものであるか、そして私たちの生活の思い出の姿がどんなに強く内面から影響を受けるものであるか、それを、ガイエンホーフェンの私にとっては二番目の家についての記憶が、恥ずかしいほどはっきりと私に示してくれる。私は、この家の庭のことは、今日でもなお実に正確に思い浮かべることができる。家の中のことも、私の書斎や広々としたバルコニーは、どんなに細かいところまでもありありと思い浮かべることができる。一冊一冊の本がどこにあったかということさえも言えるほどである。これに対して、その他の部分についての私の記憶は、あの家を去ってから二十年もたった今となっては、奇妙におぼろげなものとなってしまった。

（一九三一年）

(1)ボーデン湖のほとりで＝これは「新しい家への引っ越しに際して」(一九三一)というエッセイからの抜粋。一九〇四年、『ペーター・カーメンツィント』の成功によって作家として立つ決心をしたヘッセは、マリーア・ベルヌリ(通称ミア)と結婚して、ボーデン湖(下湖)畔の辺鄙な寒村ガイエンホーフェンに農家(この農家は、現在「ヘルマン・ヘッセ・ヘーリ博物館」となっている)を借りて住み、のちに新居を構えて、この地に八年間生活した。この文はその時代を回想したもの。その後ヘッセは一家で一九一二年にスイスのベルン郊外の邸宅に転居し、さらに一九一九年、単身でモンタニョーラのカーサ・カムッツィという城館の一部を借りて住み、一九三一年に、その近くに友人が建ててくれた家に永住することになる。六三頁の「ボーデン湖からの別離」、一三八頁の「一区画の土地に責任をもつ」参照。
(2)ガイエンホーフェン＝ヘッセが新居を建てたボーデン湖畔の村。
(3)ベルン＝スイスの首都。一九一二年ヘッセは友人の画家アルベルト・ヴェルティが住んでいたベルン郊外の邸宅に転居した。

花のいのち

緑の萼の中から　子どものように不安そうに
彼女はまわりを覗き　大胆に眺めることはほとんどできない
光の波に抱きとられるのを感じ
昼と夏が理解しがたいほど青く輝くのを感じている。

光と風と蝶に求愛されて
はじめての微笑みの中に彼女はいのちに対して
不安な心を開き　短い命の一連の夢に
身をゆだねることを学ぶ。

今　彼女は心から笑い　その色は燃え上がる
雄蘂では金色の花粉が膨らみ
彼女は蒸し暑い真昼の灼熱を体験する
そして夕方には疲れきって葉の中にかがみこむ。

花びらのへりは成熟した婦人の口もとのようだ
その線のあたりに老年の予感が震えている
彼女の笑いは熱く咲きほこるが　その底には
早くも飽満と苦い残滓が感じられる。

今　花びらはまたしおれてゆき　ぐったりと
子房の上に　ほつれ　垂れかかる
色は幽霊のようにあせて　死に行くものを
大きな秘密が包みこむ。

嵐のあとの花

姉妹のように　みんな同じ方向を向いて
かがんで立ち　風に吹かれて滴をしたたらせ
まだ不安そうにおびえて　雨で目が見えない
そしてかなりの数の弱い者たちが折れ砕かれて横たわっている。

彼女らは　まだ麻痺し　おののきながらも
ゆっくりとふたたび愛する光の中へ頭をもたげる
姉妹たちは勇気を出してはじめての微笑みを交わす
私たちは生きている　敵に滅ぼされなかったと。

この光景を見ると　私は思い出す
私が打ちひしがれるたびに　暗い生の衝動にうながされ
夜と悲惨から　私が感謝をこめて愛する
優しい光の中へ連れもどされたことを。

花々にも

何の罪もないのに
花にも死の苦しみがある。
そのようにどんなに私たちの存在が清らかでも
自分を理解できないときには
ひたすら苦しみを感じる。
私たちが罪と名づけたものは
とうに太陽によって浄化されて
花の芳香となり　人の心を動かす子どものまなざしとなって
清らかなうてなから　私たちに向かって流れてくる。

そして花たちが死ぬように
私たちもひたすら
救済の死を
再生の死を死ぬ。

リンドウの花

おまえは夏のよろこびに酔って
至福の光を浴びて　ほとんど息もつけない
青空はおまえの花冠に沈んでしまったように見え
風はおまえの綿毛の中でそよいでいる。

そして風が私の魂から罪と苦しみを
すっかり吹き払ってくれるなら
私はおそらくおまえの兄弟となって
静かな日々におまえのそばにいられるのだが。

そうすれば私のこの世の遍歴も
おまえのように青い夏の夢となって
神の夢の花園を歩むという
至福の目標にたどりつけるのだが。

たそがれの白薔薇

おまえは死に身をゆだねて
悲しげに葉むらに顔をもたせかけ
幽界の光を呼吸しつつ
色あせた夢を漂わす。

しかし歌のように優しく
最後のかすかな薄明かりの中で
まだ今宵のあいだは
おまえの好ましい香りが室内に漂う。

おまえの小さな魂は不安げに
言葉では言い表せぬものを求める
そして　白薔薇は微笑み
私の心で死んでゆく　妹　薔薇よ。

カーネーション

赤いカーネーションが庭に咲いている
恋に落ちた香りを燃え立たせ
眠ろうとせず　待とうとせず
カーネーションがもつ衝動はただひとつ
ますます性急に　熱烈に　奔放に咲くことだ！

私は見る　ひとつの炎が輝き
風がその紅炎を吹き抜けるのを
炎は欲望のためにふるえる
この炎がもつ衝動はただひとつ
ますます早く　急いで　燃えつきることだ！

私の血の中にひそむおまえよ
愛よ　おまえは何を夢見ているのか？

おまえも滴となってしたたることは望まず
川となり　潮となって流れ
自分を浪費し　泡と消えることを望んでいる！

花の香り

ヒヤシンスの香りは
風に乗ってゆくには重すぎて
蜂蜜のように甘い雲となり
まるでおだやかな夢のように
甘美に眠気を誘うように
香りに酔った者の頭にしみとおる。

カーネーションの香りは
熱く華やかに燃え上がり
夢見がちの夏の夜ごとに
時おり吹いてくる風が

きれぎれに歌声を運んでくるように
熱い空気の中に
来て　燃えて　去って行き
あわただしく燃えつきた祭りのように
おまえの心に哀愁を残してゆく。

スミレの香りは

かすかにみどりが萌えた生け垣を越え
喜びに胸をつまらせて空に立ちのぼり
きみを誘い　きみを引き寄せ
いたずらっぽくかくれんぼをし
そっと君の心の中に
とうに忘れてしまった
甘美な　しかしかぎりなく深遠な
故郷の愛の調べを思い出させる。

モクセイソウの香りを
きみは目を閉じて
つつましい花から吸い込まねばならない
するとその香りはひそかにきみの心に
たえずふるさとを思い出させるだろう。

ジャスミンの香りは
夜通し庭のほとりをさまよう
異国風でなじみぶかい魅力で惑わしつつ
眠っている者の蒼白い額に
恋の夢のむせかえる花環を押しつけつつ。

スイセンの香りは

ほろ苦いけれど　優しい
それが土の匂いとまじりあい
なま暖かい真昼の風に乗って
もの静かな客人のように窓から入ってくるときは。

私はよく考えてみた——
この香りがこんなに貴重に思われるのは
毎年私の母の庭で
最初に咲く花だったからだと。

スイセン、ヘッセ水彩画

バラの香りは

その甘い魅力できみをとらえ
あふれるばかりの美を
予感させる歌のメロディーのように
そっと愛撫しながらきみを感動させ
比類なく清らかで繊細だ
きみはそれを判断することはできず
感じるのはただ
甘い忘却と甘い現存のみだ。

ヘリオトロープの香りは

夢中に踊ったあとみごとに
ほどけた女性の髪の毛の
濡れた輝きのように
黒く　すばらしい魅力をもつ。

はじめての花々

小川のほとり
赤い行李柳のうしろに
この数日
数知れぬ黄色い花々が
金色の眼を開いた。
そしてとうに純潔を失った私の
心の奥底で　あの記憶が
私の人生の金色の朝の時間の記憶が目覚め
花の眼の中から私をまじまじと見つめる。
あのころ私は花を手折りにゆこうと思ったが
今は彼らをすべてそのままにして
ひとりの老いた男　私は家に帰る。

草に寝て

今　ここにあるすべて　明るい夏の草原の
野の花のたわむれと　草の穂の綿毛の色と
おだやかに青く広がる空と　蜜蜂の歌
これらすべては
神の嘆きの夢だというのか
救いを求める未知の諸力の叫びだというのか？
美しく雄々しく青空に憩う
山なみのはるかな稜線
これもまた激昂する自然の
痙攣や荒々しい緊張にすぎないというのか
ただの痛み　ただの苦しみ　意味もなく手探りし
決して休まず　決して祝福されないただの運動にすぎないというのか？
いや　そうではない！　私から去るがいい
おまえ　この世界の苦しみについてのいまわしい夢よ！

おまえよりも夕映えの中の蚊の踊りの方が
小鳥の叫びの方が
私の額を快く冷やしてくれる
風のそよぎの方が　おまえよりも重要だ。
私から去れ　太古からの人間の苦しみよ！
たとえすべてが苦しみであり
すべてが悩みと影であるにせよ——
この甘美な日の照るひとときだけは
そして赤ツメクサの香りだけは
私の心の中の　この深い優しい幸福感だけは
苦しみでも悩みでも影でもない。

青い蝶

一羽の小さい青い蝶が
風に吹かれて飛んでゆく
真珠母色のにわか雨が
きらきらちらちら消えてゆく。

そのように一瞬きらめきながら
そのように風に飛ばされて
しあわせがわたしに合図しながら
きらきらちらちら消えていった。

ヒマワリとキンレンカ、ヘッセ水彩ペン画

木

木は、私にとっていつもこの上なく心に迫る説教者だった。木が民族や家族をなし、森や林をなして生えているとき、私は木を尊敬する。木が孤立して生えているとき、私はさらに尊敬する。そのような木は孤独な人間に似ている。何かの弱味のためにひそかに逃げ出した世捨て人にではなく、ベートーヴェンやニーチェのような、偉大な、孤独な人間に似ている。その梢には世界がざわめき、その根は無限の中に安らっている。しかし木は無限の中に紛れ込んでしまうのではなく、その命の全力をもってただひとつのことだけを成就しようとしている。それは独自の法則、彼らの中に宿っている法則を実現すること、彼ら本来の姿を完成すること、自分みずからを表現することだ。

一本の美しく頑丈な木ほど神聖で、模範的なものはない。一本の木が鋸で切り倒され、その痛々しい傷を太陽にさらすとき、その墓標である切り株の明るい色の円盤にその木のすべての歴史を読みとることができる。その年輪と癒着した傷痕に、すべての闘争、すべての苦難、すべての病歴、すべての幸福と繁栄が忠実に書き込まれている。酷寒の年、豊潤な年、克服された腐蝕、耐え抜いた嵐などが。そして農家の少年ならだれでも、最も堅く、気品のある木が最も緻密な年輪をもつことを、高い山のたえまない危険の中でこそ、この上なく丈夫で、強く、模範的な幹が育つことを知っている。

木は神聖なものだ。木と話をし、木に傾聴することのできる人は、真理を体得する。木は、教訓や処世術を説くのではない。細かいことにはこだわらず、生きることの根本法則を説く。

ある木が語る。「私の中にはひとつの核、ひとつの火花、ひとつの思想が隠されている。私は永遠の生命の一部だ。永遠の母が私を相手に行った試みと成果は二つとないものだ。私の形姿と私の木目模様は二つとないものだ。私の梢の葉のこの上もなくかすかなたわむれや、私の樹皮のごく小さな傷痕も唯一無二のものだ。私の使命は、この明確な一回かぎりのものの中に永遠なものを形づくり、示すことだ」

ある木は語る。「私の力は信頼だ。私は自分の父祖のことは何も知らない。私は年毎に私から生まれる幾千もの子どものことも何も知らない。私は自分の種子の秘密を最後まで生きぬく。それ以外のことは何も私の関心事ではない。私は神が私の中に存在することを信じる。私は自分の使命が神聖なものであることを信じる。この信頼に基づいて私は生きている」

私たちが悲しみ、もう生きるに耐えられないとき、一本の木は私たちにこう言うかもしれない。「落ち着きなさい！　落ち着きなさい！　私を見てごらん！　生きることは容易でないとか、生きることは難しくないとか、それは子どもの考えだ。おまえの中の神に語らせなさい。そうすればそんな考えは沈黙する。おまえが不安になるのは、おまえの行く道が母や故郷からおまえを連れ去ると思うからだ。しかし一歩一歩が、一日一日がおまえを新たに母の方へと導いている。故郷はそこや、あそこにあるものではない。故郷はおまえの心の中にある。ほかのどこにもない」

夕方の風にざわめく木の声を聞くと、漂泊へのあこがれが私の心を強く引きつける。私たちが静かに長いこと耳を澄ましていると、この漂泊へのあこがれもその核心と意味をあらわす。それは一見そうみえるような、悲しみから逃げだしたいという願望ではない。それは故郷への、母の記憶への、生の新たな形姿へのあこがれだ。それは家へと通じている。どの道も家郷に通じている。一歩一歩が誕生であり、一歩一歩が死だ。あらゆる墓は母だ。

私たちが自分の子どもじみた考えのために不安を感じる夕べに、木はそのようにざわめき語る。木は、私たちよりも長い一生をもっているように、長い、息の長い、悠々とした考えをもっている。木は私たちよりも賢い。私たちが木の語ることに耳を傾けないうちは。しかし木に傾聴することを学べば、そのときこそ私たちの短小で、あわただしく、子どもじみて性急な考えが無類のよろこばしさを獲得する。木に傾聴することを学んだ者は、もう木になりたいとは思わない。あるがままの自分自身以外のものになろうとは望まない。あるがままの自分自身、それが故郷だ。そこに幸福がある。

（一九一八年）

刈り込まれた柏の木

樹よ　なんとおまえは刈り込まれてしまったことか
なんと見なれぬ奇妙な姿で立っていることか！
おまえの心に反抗と意志のほかは何も残らぬほど
なんとおまえは幾百回となく苦しんだことだろう！
私もおまえと同じだ　切り取られ
責めさいなまれた人生を放棄せず
悩まされ通しの惨めな状態から
毎日新たに額を光にあてている。
私の心の中の柔らかく優しかったものを
世間は罵倒して殺してしまった
だが私の本質は破壊し得ない
私は満足し　宥められた
幾百回となく切り刻まれた枝から
我慢強く新しい葉を萌え出させた

そしてどんな苦しみにも抵抗して
私はこの狂った世界に恋し続けている。

ボーデン湖からの別離(1)

長年のあいだ住んで仕事をした家から去って行くことほどいやなことはない……ひどくがらんとして、足音がふだんと違った響きを立てる部屋をいくつも不機嫌に通って行く。この家の中にいるのもこれが最後だから、何かしら美しく厳かな告別をしなくては、と、たえず考えるけれど、心の中には何も響かない。うんざりした思いと、自分はもう遠くに去ってしまって、すべてが過ぎてしまえばいいという切なる願いのほかには何も響かない。

ボーデン湖畔の小さな家をあけ渡したとき、私はこんな具合であった。結局、私は庭に逃げていった。踏み荒らされた子どもたちの砂山の上に、荷物の箱と梱包された家具が置かれて、破損したブナの生け垣の向こうには、灰色の家具運搬車が威嚇するように待っていた。私は五年前に植えた生け垣づたいに木造の納屋へ行った。そこには少なくとも私が鋸で挽き、斧で割った薪のストックは残っていたけれど、手斧、大斧、鋸、スコップ、鋤、熊手などはもうすべて片付けられてそこにはなかった。そして納屋の前の最近ほったらかしにしてあった砂利道には草が伸びていた。その砂の道のへりには、私がすべて種から育て、その種からまた同じような苗を新しい住まいで栽培しようと考えている赤いゼニアオイが、二本の長い、誇らしい列をなして生え、りっぱな並木道をつくっていた。重いヒマワリの花にシジュウカラがぶら下がって、種子をついばんでいた。茂みには、奥手の、血のように赤いキイチゴがぶらさがり、家の北側の壁に這うツタも、もう深紅色に燃えはじめていた。野菜畑のあいだの草に覆われた小道を、私は悲しい気持ちでぶらつきながら、子どものゴムのボールがひとつと、こわれた小さな木馬がころがっているのを見た。子どもたちはもう何日も前に行ってしまい、新しい故郷を待ちこがれているうちに、古い、最初の故郷を忘れてしまっていた。一番上の息子が、ここで野菜の種を蒔いたり、水をやったりする私の手伝いをしてくれたものだった。そこにはヒマワリとダーリアの生えた彼自身の小庭もあった。

　そして生け垣の向こう側の秋の灰色の靄の中に、私が何年ものあいだ、どんな季節にも、何をするにつけても眺めてきた静かな土地と湖とが眠っていた。はるかかなたには、小さく、影のようにコンスタンツの大聖堂[2]の塔がそびえ、その近くの向かい側に、灰色の大胆なシュテックボルン[3]の城館の塔が建っている。ライヒェナウ島[4]の上には、霧雨がかかり、そのまわりにあるのは、私が何千回となく目にした場所ばかりで、その景色が私の無数のささやかな体験と結びついていない場所はひとつもなかった……

引っ越して行くということは、決して楽しいことではない。それどころか、不快なことである。が、ものごとには二つの顔がある。出て行くことはたしかに不快なことであるけれど、それと同じ程度に、新しい家に入ることは好ましく、楽しいものであるように思われる。私は、職人や労働者たちにまじって働いている妻に出会った。仕事は、どうにかこうにか家の中で眠ったり食事をしたりできるところまではかどっていた。そのようなわけで私たちは家具を部屋の中に入れ始めた。ベルン郊外の古い田舎家で、町から遠く離れた畑地の中にあり、厳密に対称的に設計された古い庭園に、水の出ている噴水がひとつあり、数頭の犬と家禽がいて、カエデ、カシワ、ブナなどの生えた小さな林があった。……

そこで今、人びとは騒音を立てて仕事をし、寸法を計り、吟味している。やっていることがすべて愉快で、楽しい。それが一時しのぎのもので、決定的なものではないからだ。何かを動かしたり、据えたり、張り渡したり、叩いたりして、最後にはいつでもこう言うからだ。「さしあたりこれでよい。どっちみち、あとでいつでも変更できるのだから」……

休憩のときに一度、フジの古木にすっかりおおわれたヴェランダへ出てみる。そして山が見えるほど天気がよくなるかどうか観察する。あるいは、荒れ果てた庭を眺めて、どうしたらこの庭がよくなるだろうかと少し思案してみる。木立の中に果樹が、縁取り花壇の中には秋の花々が、時期遅れの小さな実をつけた野生化したイチゴの草むら、そして口を開けたイガの中からつやつやと茶色に光っているクリの実が見られる。そして、勤勉で、平和な生活をしようと思い、このよい決心を実行しようという気持ちになってくる。

（一九一二年）

ベルン近郊のヴィティヒコーフェン城の上方、メルヒェンビュール通りにあるこの家は、ほんとうにあらゆる点で、私たちが年来抱き続け、バーゼル時代(5)以来ますます堅固なものとなった私たちのような性質の人間にとっての、ひとつの理想的な家のイメージを具現したものであった。それは、丸いベルン風の破風のついたベルン様式の田舎の邸宅で、この破風は、この家が非常に不規則な形をしていたためにとりわけ魅力的な効果をもっていた。この家は、この上もなく好ましく、私たちのためにとくに選び出されたように、農家の特徴と邸宅風の特徴とが混合した半ば素朴で、半ば上品な素封家の家であった。十七世紀に建てられ、帝政時代の様式の増築部分と内装部分をもつ家で、荘厳な、非常に古い樹齢の木立に囲まれて建ち、一本の巨大なニレの木にすっぽり覆い隠された家であった。不思議なコーナーと奇妙な部分が多く、そのあるものは快適で、あるものは不気味であった。この家には広大な農地と、農家がついており、それはある小作人に委託されていた。私たちはその小作人から家族のためのミルクと、庭のための堆肥を手に入れた。南面の、家から下手に向かって、石の階段をはさんで厳密に対称的に二つのテラスに分けられた庭園には、美しい果樹の木立があり、その上になお住宅からおよそ二百歩ほど離れた小さな丘の上に、いわゆる《ボスケット》と呼ばれる植え込み、つまりすばらしいブナの木もまじった数ダースの古木からなる小さなバロック風の林があって、あたりを睥睨《へいげい》していた。

家の裏側には、可愛らしい石づくりの泉水が水音をたてていた。南面の大きなヴェランダを、一本のフジの巨木が取り囲んで生い茂っていた。そのヴェランダからは、近隣の景色と、森に覆われたたくさんの丘越しに、ユングフラウの巨峰群[6]を中心に、トゥーンの前山地帯からヴェッターホルンにいたる連山のすべてを含む山脈を一望することができた。この家と庭は、私の小説断片『夢の家』[7]にかなり正確に描写されている。そしてこの未完の作品の表題は、自分の風変わりな絵画のひとつをそのように名づけたわが友アルベルト・ヴェルティ(8)を記念するものである。そしてこの家の中には、多種多様な、おもしろい、値打ちものの家具調度類があった。たとえば、美しい古いタイル製暖炉や、家具や窓などの装飾金具や、ガラスの釣鐘形の蓋のついた優雅なフランス風の置時計や、映った姿が先祖の肖像のように見える緑色がかったガラスのついた古い大きな鏡や、私が秋の夜毎に火を燃やした大理石の暖炉などであった。

ついに、……一九一九年の春……、私はすでに七年近く住んだベルンの魅惑的な家に別れを告げた……私はルガーノへ行き、二、三週間ソレンゴに滞在して探した後、モンタニョーラ(9)にカーサ・カムッツィ(10)を見つけて、一九一九年の五月にそこに移り住んだ。ベルンから私は自分の書き物机と書物だけを運ばせた。そのほかはすべて借りた家具調度で生活した。この、これまでに私が住んだ最後の家で私は十二年間生活した。最初の四年間は一年中、それ以後は、暖かい季節だけであったけれど……

この美しい風変わりな家は、私にとって非常に重要な意味をもっていた。そして多くの点で、私がそれまでもっていた、あるいは住んだ家の中で最も個性的で好ましい家であった。もちろん私はここでは無一物であった。またその家全体を使っていたのではなく、その家の一部にあたる四室の小さなアパートメントに、間借り人として住んでいたにすぎない。私はもはや、家と子どもたちと奉公人たちをもち、自分の犬に呼びかけ、自分の庭の手入れをする一家の主人でも家長でもなかった。今では無一物の文士であり、ミルクと米とマカロニを食べて生き、着古しの背広を擦り切れるまで着て、秋には森からクリの実を拾ってきて夕食にするひとりのみすぼらしい、少々うさん臭いよそ者であった。

このようにして私は最後の十二年間をカーサ・カムッツィに住んだ。その庭と家は、『クリングゾル』[11]の中に、またその他の私の作品の中に出てくる。私はこの家を何十回となく描き、スケッチした。そしてそのこみいった、気むずかしい形を究明しようとした。とくに最後のふた夏は、告別のために、バルコニーから、窓から、テラスから、もう一度すべての眺めをスケッチし、庭の中の不思議に美しい隅々や外壁などをたくさんスケッチした……

この建物の正面玄関から、大げさに、芝居がかって、堂々たる階段が下の庭へと通じていた。この庭は、いくつもの階段や、築山や、外壁をもつたくさんのテラスから成り、狭い谷底までつながっていた。そしてこの庭ではすべての南国の木々が特選の立派な見本のように古くて巨大であり、互いにもつれあって茂り、フジとクレマチスがいたるところを覆っていた。この家はここの村からはほとんど完全に隠れて見えなかった。下の谷からは、ひっそりとした、木の茂った山の背の上に階段状の切り妻と、小さな塔が見えた。まるでアイヒェンドルフ(12)の短編小説の田舎の城のようであった。

ここでも十二年のあいだに、私の生活だけでなく、建物や庭にもいろいろ変化があった。下の庭の、これまで私が見たうちでも最も大きくて、立派なハナズオウ(13)の古木は、ある秋の夜、嵐の犠牲となって倒れてしまった。その木は毎年五月の初めから六月に入ってもずっと豊かに花をつけ、秋と冬にはその赤紫色の莢果《きようか》のためにとてもエキゾチックに見えた。私のバルコニーのすぐ前の、大きな「クリングゾル」のタイサンボク(14)は、いつか私の留守のときに切り倒されてしまった。この木の幽霊のような、白い、巨大な花は、私の部屋の中に入り込むほどに茂っていたものである。

私が孤独の生活をずっと続けていたならば、私がもう一度人生の伴侶(15)を見つけることがなかったならば、もう年老いて健康ではないひとりの人間にとって、多くの点で不便ではあったけれど、このカムッツィ館からまた出て行くようなことは決してなかったであろう。

（一九三一年）

(1)ボーデン湖からの別離＝エッセイ「転居」(一九三一)、および「新しい家への引っ越しに際して」(一九三一)からの抜粋。この文は、一三八頁の「一区画の土地に責任をもつ」に続く。

(2)コンスタンツの大聖堂＝コンスタンツはボーデン湖畔(ドイツ、バーデン＝ヴュルテンベルク州)の観光都市。人口約八万。十一世紀のゴシック建築の大聖堂がある。

(3)シュテックボルン＝スイス、トゥールガウ州のボーデン湖畔の町。

(4)ライヒェナウ島＝ボーデン湖最大の島。

(5)バーゼル時代＝一八九九〜一九〇四年、ヘッセはスイスのバーゼルの書店、古書店に勤務した。この間に出世作『ペーター・カーメンツィント』を執筆・刊行し、作家として立つ決心をする。マリーア・ベルヌリともこの地で知り合い、結婚した。

(6)ユングフラウの巨峰群＝主峰ユングフラウ(四一六六メートル)を中心に、メンヒ(四一〇五メートル)、アイガー(三九七五メートル)、シュレックホルン(四〇八〇メートル)、ヴェッターホルン(三七〇八メートル)などのスイスアルプス山群。

(7)『夢の家』＝ヘッセの未完の小説。本書二四五頁以下に収録。

(8)アルベルト・ヴェルティ＝スイスの画家。一八六二―一九一二。

(9)モンタニョーラ＝スイス、テッスィーン州、ルガーノ湖に突き出た半島にある村。一帯は「コリナ・ドーロ」（金の丘）と呼ばれる丘陵地で、眺めがよい。ヘッセが自ら選んだ第二の故郷。

(10)カーサ・カムッツィ＝カムッツィ館。ヘッセが一九一九年から一部を借りて十二年間住んだバロック風の白亜の城館。

(11)『クリングゾル』＝ヘッセの小説『クリングゾルの最後の夏』（一九二〇）。色彩の音を聴き、音を色彩でとらえる画家クリングゾルの物語。

(12)アイヒェンドルフ＝ドイツの詩人。一七八八—一八五七。ロマン主義時代に活躍。『詩集』、『のらくら者の生活から』が有名。なお、短編『デュランデ城』がある。

(13)ハナズオウ＝（花蘇芳）この木については七六頁の「老木の死を悼む」参照。

(14)タイサンボク＝（泰山木）この木については一〇一頁「対照」参照。

(15)人生の伴侶＝ニノン・ドルビン。一八九五—一九六七。ドイツ系ユダヤ人。少女時代からヘッセのファンであった。一九二七年に画家ドルビンと離婚し、この文の書かれた一九三一年にヘッセと結婚した。よき妻として、有能な秘書として、生涯の伴侶となった。

古い庭園

真夜中　幽霊の出る時刻。
門がしずしずと大きく開く
錬鉄製の　黄金で縁どられた
緑の花環で飾られ　赤いリボンのついた
高い扉が　かすかな響きを立てて開く
色とりどりの姿の宮廷人の群がこぞって
ざわめきつつ流れ込む。

尖った弁髪と
優美に結い上げた髪に髪粉をつけ
着飾った紳士と淑女の一行が
絹の上衣とスカートをつけて　ロマン語の名をもち
洗練された話し方と優雅な身振りの人たち
青いフロックと赤いチョッキを着た紳士たち

バラ色や空色の服を着て
大きな扇をもった淑女たちが流れ込む。
威風堂々きらびやかな列をつくって現れ
二人三人と集まっておしゃべりをし
微笑みつつうなずきつつ出会い
たわむれつつ　粋な文句の会話や
優しく上品な身振りを楽しみ
声高に笑い　忍び笑いし　誘い　誘われ
通人の目つきで　雪白に輝く
神々の立像の輪郭を観察したりする。

休んでアンズを食べながら
深紅の　白の　黄色のバラを
大きな花びらの飛び散るバラを投げかわす。
鐘が鳴る　組になった者は四散する

私は窓越しに見ている
空中に　興奮したささやきと
香水をつけた絹の衣裳の
優しい芳香だけがまだ残っている。
一陣の風がそれを森のかなたへさらってゆく。
わずかな風に　戯れごとも　優雅なうそも
甘い眼差しも　半ばいつわりの気持ちも
冷たさを隠していたバラ色の仮面も
すべて吹き散らされ　はぎとられてしまう。
けれど私はずっと長いあいだベッドの中で
メヌエットが踊られ　古風な会話が
かわされているかのような気がしていた
そしてやっと私は深い眠りについた。

老木の死を悼む

　このかれこれ十年以来、あのさわやかで楽しい戦争(1)が終わって以来、私の日常のつきあい、私の変わらぬ親しい交際の相手は、もう人間ではなくなってしまった。男の友だちや女の友だちがいないわけではないけれど、彼らとのつきあいは、いわば祝祭的な、非日常的な事件である。彼らはときおり私を訪ねてくる。あるいは私が彼らを訪ねる。つまりほかの人たちと継続的に日常の生活を共にする習慣を私はやめてしまった。私はひとりで暮らしている。こうして私のささやかな日常のつきあいに、人間のかわりにしだいしだいに事物が入り込んでくることになったのである。

　私がいつも散歩に持って出る杖、ミルクを飲むカップ、机の上の花瓶、果物の入った皿、灰皿、緑色のシェードのついた電気スタンド、インドの小さな青銅のクリシュナ像、壁にかかった絵、そして最もよいものを最後に挙げるなら、私の小さな住まいの壁に並んでいるたくさんの書物である。

　それらは寝ても覚めても、食事のときも仕事のときも、よい日も悪い日も私の相手をし、私にとっては慣れ親しんだ顔を意味し、故郷とわが家にいるという快い幻想を私に与えてくれるものである。そのほかに、とてもたくさんの事物が私の親しいものに数えられる。それらを見たり触ったりすることや、それらの無言の奉仕と、それらの沈黙の言葉を私が好み、私にとってはなくてはならないように思われるものが、そしてそれらのうちのひとつが、私を見捨てたり、私のもとから去ったりするとき、一枚の古い皿が壊れたり、ひとつの花瓶が落ちたり、ポケットのナイフがなくなったりするとき、それは私にとっては損失であり、そのとき私はそれらに別れを告げ、一瞬のあいだ瞑目して、哀悼の辞を捧げずにはいられないのである。

私の書斎、すこし歪んだ壁と、古い、すっかり色あせた金色の壁紙と、天井の漆喰にたくさんの亀裂のある書斎も、私の仲間であり、友人である。それはすばらしい部屋で、それが私から奪われるようなことがあれば、私はどうしたらよいかわからないであろう。その書斎の中で最も美しいのは、外のバルコニーへと通じている小さな窓である。そこから私はルガーノの湖を、いくつかの入江や、山々や、あちこちのたくさんの村々とともにサン・マメーテ(2)まで見下ろせるだけでなく、古い、静かな、魅惑的な庭を見下ろすことができる。そしてその眺めは私の最も好きなものである。そこでは、年を経た、いかめしい樹木が風の中、雨の中で体をゆすっている。そしてその庭の狭い急傾斜のテラスに美しく丈高いシュロ、美しく豊かなツバキ、シャクナゲ、モクレンなどが生えている。イチイ、アカブナ、インドのヤナギ、丈高い常緑のタイサンボクもある。

書斎からのこの眺め、このテラス、この茂みと樹木は、部屋や家具調度よりもはるかに私と私の生活に近しいものとなっている。それらは私のほんとうのつきあい仲間、私に最も近いものであり、私はそれらとともに生き、それらは私の味方であり、信頼のおけるものたちなのである。

私がこの庭を一瞥するとき、この庭は、ひとりひとりの外来者のあるいは賛嘆の、あるいは無関心のまなざしの対象となる眺めだけではなく、それ以上に無限に多くのものを私に与えてくれる。なぜならば、この景色は、何年ものあいだずっと、昼も夜もどんな時間にも、どんな季節と天気にも、私に慣れ親しんできたものだからだ。あらゆる木の葉も、その花も、果実も、その生成と死滅のあらゆる状態において、私が知りつくしているものであり、どれもみんな私の友であり、どれについても私だけが知っていてほかの人は誰も知らない秘密を私が知っているからである。これらの樹木のうちの一本を失うことは、私にとってひとりの友を失うに等しいのである。

春には、この庭がツバキの花で燃えるように赤くなる時期がある。そして夏には、シュロの花が咲き、木々の中へ高く這いのぼっていたるところに青いフジの花が咲く。

しかし、小さなエキゾチックなインドのヤナギ、背が低いのにひどく年とって見え、半年は凍えているように見えるインドのヤナギは、春が過ぎてやっと葉を出し、八月の半ばごろようやく花を咲かせ始める。

けれどもこれらの樹木のうちで最も美しい木は、もうここにはない。それは数日前に嵐によって折り倒されてしまったのだ。私はそれが転がっているのを見ている。それはまだ片づけられていないのだ。重い巨大な古木の幹は、折れて、引き裂かれている。それが生えていた場所に大きな広い空隙ができた。その空隙の向こうに、遠くの栗の林と、これまで見えなかった二、三の小屋が姿を見せている。

それは一本のユダの木(3)であった。救世主を裏切った者が首を吊ったというあの木である。が、この木にそんな胸のつまるような素性のあることなど想像もできなかった。おお、それどころか、それはその庭で最も美しい木であった。私が何年も前にこの地の、この住まいを借りたのは、実はこの木のせいであった。当時、戦争が終わったとき、私はただひとり難民としてこの地にやってきた。私のそれまでの人生は失敗で、私はここで働き、考え、この破壊された世界を私の内面から再建するため、ひとつの宿を求めたのである。そして小さなアパートメントを探した。そして今住んでいるこのアパートメントを視察したとき、気に入らないわけではなかったけれど、最後の決断をくだしたのは、女家主が私を小さなバルコニーに案内した瞬間であった。

そのとき、私の眼下に突如「クリングゾル」の庭が広がり、その中央に淡いバラ色の花をつけた一本の巨木が輝いていたのだ。私はすぐにその木の名前を尋ねた。するとどうだろう、それがこのユダの木だったというわけである。それ以来この木は毎年毎年、たとえばセイヨウオニシバリ[4]に似て、樹皮に密着して咲くバラ色の花を何百万も咲かせたのである。しかもその開花期は四週間から六週間も続いた。そして花が終わってはじめて緑の葉が現れた。そのあと、その淡緑色の葉のあいだに、濃い紫色に、神秘に満ちて、ぎっしりとたくさんの莢果《きょうか》の莢《さや》がぶら下がった。

このユダの木について事典で調べてみても、もちろん納得のいくことがたいしてわかるわけではない。ユダと救世主のことは一言も書かれていない！　そのかわり、この木がマメ科植物に属し、ケルキス・シリクワストルム（*Cercis siliquastrum*）と呼ばれていること、その原産地が南ヨーロッパであること、この木があちこちで鑑賞用灌木とされていることなどが書かれている。この木はそのほか「偽ヨハネのパン」とも呼ばれているという。ここで本物のユダと偽者のヨハネがごちゃまぜになったとは、いったいどうしたわけであろうか！

それにしても、この《鑑賞用灌木》という言葉を思い出すと、今、悲嘆にくれているさなかでも、私は吹き出さずにはいられない。《鑑賞用灌木》とはとんでもない！それは巨木であった。私が人生の最盛期にもそんなに太くなったことはないほど太い幹をもった巨木であった。そしてその梢は庭の中の深い谷底からほとんど私のバルコニーの高さまで伸びていた。何とも豪華な木で、まさしくこの庭のメインマストであった。それが最近の嵐に倒壊して、まるで古い灯台のように倒れたとき、もしも私がこのいわゆる《鑑賞用灌木》の下に立っていたならば、ひとたまりもなかったであろう。

　いずれにしてもこのところ天気はほめられたものではなかった。夏は突然病気になってしまった。夏の終わりが予感された。そして最初のほんとうに秋らしい雨の日に、私は最も愛する友人[5]（樹木ではなく、人間）を葬らなくてはならなかった。それ以来、すでに冷涼な夜々と度重なる雨に私はすっかり心が冷えてしまい、どこかへ旅立ちたいとしきりに考えた。秋の匂い、滅びの匂い、柩と墓の花輪の匂いがしていた。

　そしてある夜、アメリカの海洋性のハリケーンのような季節外れの嵐が、凶暴な南からの嵐が吹きすさんで、ブドウ畑を破壊し、煙突をひっくりかえし、私の小さなバルコニーさえもぶち壊し、その上最後の数時間にあの古いユダの木さえ奪い去ったのである。私は少年のころ、ハウフ[6]やホフマン[7]のすばらしいロマンチックな物語の中で、彼岸嵐がこんなふうに不気味に吹き荒れるのがどんなに好きであったかを、よく覚えている！　ああ、まったくそっくりであった。それほど重苦しく、それほど不気味に、それほど凶暴に、それほど恐ろしく、その濃密な熱風はまるで砂漠から吹いてきたかのように私たちの平和な谷間へ強引に押し入ってきて、アメリカ的な狼藉を働いたのである。いまわしい夜であった。一分も眠れず、この村中で幼い子供たちのほかは誰もまんじりともしなかった。翌朝には割れた瓦、粉々になった窓ガラス、へし折られたブドウの木などが散乱していた。

しかし、私にとって最悪のこと、何をもってしても償えないものはユダの木である。一本の幼い弟がそのあとに植えられることになって、その準備もされているけれど、その弟が前の木の半分も立派にならないうちに私はもう、とうにこの世にはいないであろう。

私が先日流れるように降り注ぐ秋の雨の中で私の友を葬って、柩が濡れた墓穴の中に消えるのを見たときには、ひとつのなぐさめがあった。友は安息を見いだしたのだ。友は、彼に好意をもっていないこの世から去ったのだ。彼は、戦いと憂慮から逃れて彼岸へ行ったからだ。ユダの木の場合はこのなぐさめがなかった。私たちあわれな人間だけが、私たちのひとりが葬られるとき、「これで彼も幸せだ。結局のところ、うらやむべきことなのだ」と、せめてものなぐさめに言うことができる。
　私のユダの木については、私はそんなことを言うことはできない。彼はきっと死ぬつもりはなかったにちがいない。彼は高齢に達するまで毎年毎年あふれるほど、誇らかに何百万もの輝く花を咲かせ、その花を喜ばしくせっせと果実にして、緑の莢をはじめは茶色に、それから紫色に染めて、誰かが死ぬのを見ても、その死のためにその死んだ人をうらやむようなことは決してなかったろう。おそらく彼は私たち人間をほとんど評価していなかったのかもしれない。彼は私たち人間をたぶんユダの時代から知っていたのだろう。今、彼の巨大なむくろが庭に横たわっているけれど、倒れるときにもなお、彼より小さくて若い植物の仲間たちをすっかり押し潰して巻き添えにしてしまった。

（一九二七年）

(1)あのさわやかで楽しい戦争＝第一次世界大戦のこと。「さわやかで楽しい」は、もちろん強い皮肉をこめた反語的表現。言うまでもなくヘッセは生涯戦争に反対し続けた。
(2)サン・マメーテ＝ヘッセの家のあるモンタニョーラから東北東の方角約二十キロ先にあるイタリアの町。
(3)ユダの木＝和名セイヨウズオウ（セイヨウハナズオウ）。学名 *Cercis siliquastrum*, マメ科、ハナズオウ属。キリストを裏切ったユダが首を吊った木という言い伝えから「ユダの木」と呼ばれた。わが国のハナズオウよりも花の色は淡く、花数も少ないという。
(4)セイヨウオニシバリ＝学名 *Daphne mezereum*, ジンチョウゲ科の植物。なお、オニシバリ *Daphne pseudomezereum* はわが国の山林にも自生する。
(5)(原注) 友人＝フーゴー・バル。一九二七年九月四日に四十一歳で没した。（訳注）『ヘルマン・ヘッセ、生涯と作品』（一九二七）を書いた。
(6)ハウフ＝ヴィルヘルム・ハウフ。一八〇二―二七。後期ロマン主義時代の童話作家。
(7)ホフマン＝エルンスト・テオドール・アマデーウス・ホフマン。一七七六―一八二二。ロマン主義時代の作家。その幻想怪奇な作品は世界に影響を与えた。

花

美しい姉妹たちよ　私はおまえたちを羨望の念をもって愛する
おまえたちの生涯は　それほど穏やかで幸せそうに見えるからだ
おまえたちは大地のやさしい輝きであり　高価な飾りだ
おまえたちは大地を素晴らしい無数の色彩で飾る。

陽光は　おまえたちの色あざやかなうてなの中で燃えるとき
この上もなく生彩にみちて　鮮烈に輝く
ああ　私たち人間にはないすべてのものがおまえたちの中に
輝いているのに　私たちには手がとどかない。

美しい無邪気なまなざしで　おまえたちは何千年も
変わらぬ愛をこめて老いた大地に微笑みかける。
私たちはおまえたちを愛しているのに
おまえたちを手折って命を奪い　少しもやましさを感じない。

ニノン夫人と物置小屋の前で、1936年（59歳）

日記帳の頁

家の裏の山腹に私は今日
木の根と石だらけのところを掘って
大きな深い穴をひとつ作った
そこから石という石を取り除き
もろい　やせた土も運び去った。
それから一時間私は古い森の中で
あちらこちらに膝をついて
朽ちた栗の切り株の中から　杓子と手で
あたたかいキノコの匂いのする
あの黒くてやわらかい森の土を
二つの大きなバケツいっぱいに集めて運んだ
そして穴の中に一本の木を植えて
その木のまわりを心をこめてこの泥炭状の土で囲い
日なた水をゆっくりと注ぎ込み

その根に優しくあふれるほどたっぷりと水をやった。
その小さな若木はそこに立っている　そしてその木は
私たちが消え去ってしまい　私たちの時代の
騒々しい偉大さと果てしない困窮と物狂おしい不安が
忘れ去られてしまっても　そこに立っているだろう。
南風がその木を曲げ　暴風雨が激しく揺さぶるだろう
太陽が笑いかけ　湿った雪がのしかかるだろう
マヒワとゴジュウカラがその木にすむだろう
もの静かなハリネズミがその根元を掘りかえすだろう。
この木が体験し　味わい　耐えたもの
年月の流れ　動物の世代の交代
負傷　治癒　風と太陽の友情
それらは毎日その木から流れ出るだろう
ざわめく木の葉の歌となって
穏やかに揺れる梢のやさしい身振りとなって
冬眠している芽を潤す樹脂を含んだ汁の

繊細な甘い香りとなって
自らに満足して自らとたわむれる
光と影の永遠のたわむれとなって流れ出るだろう。

紛失したポケットナイフ

昨日私はポケットナイフをなくした。そのとき、私の運命に対する心の準備と人生観がもろい基盤の上に立っていることを思い知らされた。このささやかな損失が私を度を越して悲しませたからである。そして今日もまだ私はあのなくしたナイフのことを考えていて、そんな自分を感傷的だと嘲笑することもできないのである。

このナイフがなくなったくらいでこんなに悲しい気持ちになるのは、よい徴候ではない。自分がしばらくのあいだ所有していたものにひどく愛着を感じて大切にするのは、私自身がよく批判し、抵抗するものの、完全にはやめることができない奇癖のひとつなのである。そして私が長いあいだ身につけていた服とか帽子とか杖とか、それどころか長いあいだ住んでいた住まいに別れを告げなくてはならないとき、その都度それは私にとって不快なことであり、時として小さな苦痛さえ感じる。

もっと深刻な別離や決別のことはこの際別としてである。それにあのナイフは、私のこれまでの生活の変化に耐えて生き、すべての変転を通じて何十年ものあいだ私についてきた、まったく数少ないもののひとつであった。

たしかに私は、まだいくつかの、遠い過去から伝わる神聖なものとなったがらくたを、母の指輪をひとつ、父の時計をひとつ、幼い子どものころの二、三枚の写真など思い出の品をもってはいるけれど、実はこれらはすべて死んだものであり、歴史的遺物であり、戸棚にしまってあって、ほとんど一年に一度も眺めないものである。しかしこのナイフは、何年ものあいだ、ほとんど毎日使ったものであったし、私はそれを何千回となくポケットに入れ、ポケットから出して、仕事や遊びに使い、何百回も砥石で研ぎ直し、前にも何度もなくしては見つけ出したことがあるのだ。そのナイフは私の好きなものだった。そのナイフには挽歌を捧げる値うちがある。

それは普通のナイフではなかった。普通のナイフならこれまで生きてきたあいだにたくさんもっていたし、使ってきた。それは庭仕事用のナイフであった。ただ一枚の非常に強靱な、半月型に曲がった刃と、がっちりした、なめらかな木の柄のついた、決して贅沢品とか遊び道具ではなくて、正真正銘の堅牢な武器であり、大昔からの試練に耐えた形をもつ、堅実な工具であった。このような形は、百年も千年ものあいだの父祖たちの経験から生まれたもので、このような試練に耐えた形のかわりに、試練を経ていない、新しい、無意味で遊び半分の形を売り込もうという野心をもつ産業界の攻勢に対して、よくもちこたえることができるものである。

何といっても、現代人が仕事や遊びのために使う道具を、長い期間使いたがらず、簡単に、頻繁にとりかえたがるというところに産業界は生存をかけているからである。もしも昔のように各人が一生に一回きり、強くて良質の高級なナイフを買い、それを大切に死ぬまでもち続けるならば、どこにナイフ工場が存続することができるであろうか？　存続できないのである。今日人間は、ナイフ、フォーク、カフスボタン、帽子、散歩用の杖、傘などを、瞬間ごとにとりかえる。これらすべてのものを流行の支配下におくことに産業界は成功した。そして、一シーズンだけのものと予定されて作られたこれらの流行の形に、大昔からの定評ある、堅牢な形の美や、生命や、合目的性を求めることは土台無理な話なのである。

あの美しい三日月形の庭仕事用のナイフを手に入れた日を、私はまだはっきりと思い出すことができる。当時私はあらゆる点で非常に好調な時期にあり、自分自身もそれにふさわしい気分になっていた。結婚して間もない時期で、生計のための町と獄中のような生活[1]から逃れて自立し、自分自身だけに責任をもって、ボーデン湖畔のある美しい村に住んでいた。私は、自分で書いて、自分でも気に入ったいくつかの本で成功した。私はボーデン湖に浮かぶボートをもっていた。妻は、はじめての子どもの誕生を待っていた。そして私はちょうどある大きな計画にとりかかっていたところで、そのことのために私は頭の中がいっぱいになっていた。

それは自分の家の建築と、自分の庭づくりの構想である。土地はすでに購入し、測量がすんで、区画が決まっていた。その土地の上を歩くたびに、よく私はこの仕事のすばらしさと値打ちを厳かに感じたものであった。私はそこに生涯の礎石を据え、わたし自身と妻と子たちのためにここに故郷と避難所をつくるのだと思っていた。家の設計図もできあがった。庭は、私の頭の中でしだいに形を整えていた。中央に幅広く長い道があり、泉水があり、栗の木立の生えた草地をもった庭である。

当時私は三十歳くらいであったが、ある日のこと私宛に船便で重い貨物が到着した。私はそれを荷揚げの桟橋から引き上げる手伝いをした。それはある造園会社から来たもので、庭仕事の道具がいっぱい詰まっていた。鋤、スコップ、ツルハシ、熊手、鍬（これらの中ではとくに白鳥の首のついた鍬がとても気に入った）、そのほかたくさんのこの種のものであった。それにまじって、ていねいに布で包まれたいくつかの小さめの、繊細な道具があり、私は大喜びで包みを解いてそれらを眺めた。その中にあの曲がったナイフもあった。

私はすぐにそれを開いて試してみた。その新しい鋼の刃がキラリと光り、手ごたえのある、引き締まった開閉バネがはね、柄のニッケルメッキの金具が光った。当時はそれは私の家具調度のささやかな付属品であり、ちっぽけなわき役にすぎなかった。そのナイフが、いつの日か私の美しく新しい財産のうちで、家と庭、家族と故郷などのうちで、ずっと私のものであり続け、私の手もとに留まる唯一のものになるであろうとは、考えもしなかった。

それからまもなく私は、この新しいナイフで危うく指を一本切り落としそうになったことがあった。その傷痕は、今もなお残っている。そして、そうこうするうちに、庭ができて、植物が植えられ、家も建てられた。こうして私が庭へ行くたびに、何年ものあいだそのナイフは私の同伴者となった。そのナイフで果樹を剪定し、ヒマワリやダーリアを切って、花束をつくり、木を削って幼い息子たちの鞭の柄や弓をつくった。

短い旅行のときは例外として、毎日私は庭で二、三時間を過ごした。それは、私が一年中自分で耕し、植物を植え、種を蒔き、水をやり、肥料をやり、取り入れをして、手入れをした庭である。そして涼しい季節には、庭の片隅でいつも小さな焚き火をして、雑草や古い地下茎やあらゆる種類のごみを焼いて灰にしたものである。息子たちは喜んでそばにいて、細い枝や枯れたアシを火にくべ、ジャガイモや栗を焼いた。そんなときあのナイフが火の中に落ちたことがあり、以来その柄に小さな焼け焦げの跡が残った。それを見れば私は、世界中のどんなナイフの中からもそのナイフを見分けることができたであろう。

　ある時期が来て、私は頻繁に旅に出た。ボーデン湖畔の美しい家での生活が、私にとってさほど快適ではなくなったからであった。私はよく私の庭を放ったらかしにして、まるでどこかに重大なものを置き忘れてそれを探しにでも行くかのように、世界中を旅してまわった。私はスマトラの南東部の最奥地にまで旅をし、ジャングルの中で大きな緑色の蝶がきらめき飛ぶのを見た。

　そして、私が帰って来たとき、妻は、この家と村から出て行きたいという私の意見に同意した。成長期の息子たちにとって学校が必要であり、そのほかにも多くのことが必要なことがわかってきたのである。私たちはそのことについてはいろいろと話し合った。が、私は、ここに留まることに意味がなくなってしまったこと、この家での幸せと満足感について私の夢がいつわりの夢であって、葬り去らねばならないことについては、誰とも話し合わなかった。

　スイスのある美しい町の近郊の、近くに荘厳な雪の山々の見える、非常に古い巨木の木立をもった立派な古い庭園で、私はふたたびなじみの秋と春の焚き火を始めた。そして生きることが私を苦しめたり、この新しい場所でもいろいろなことが非常に難しくなり、狂った調子で響いたりするとき、私はその責任を、あるときはここに、あるときはあそこに、しばしば自分の心の中にも探し求めた。そしてあの頑丈な庭仕事用ナイフを見るたびに、「死は安易すぎる方法で手に入れてはならない、死は英雄的精神をもって獲得せよ、少なくとも自分の手でナイフを心臓に突き刺すべし」という、ゲーテの、感傷的な自殺者に与えるすぐれた指示を考えた。が、私はゲーテと同じように、それを実行することはできなかった。

戦争が勃発した。これでもう私は、自分の不満と憂鬱の原因をそれ以上探し求める必要がなくなり、その原因をはっきりと認識し、この憂鬱と不満は決して治癒しえないものであるにせよ、それでもなお、この時代の地獄を生きて耐え抜くことこそが、利己的な憂鬱や失望のひとつのよい治療法であるということを知るまでに、そう長くはかからなかった。

あのナイフをもうほとんど使わなくなる時期が来た。ほかにしなければならないことがたくさんありすぎた。そしてこうして徐々にすべてのことが落ち目になっていた。まずドイツ帝国が、そしてその戦争が。その戦争を外国から見ること[2]は当時たとえようもないほどの苦痛であった。そしてその戦争が終わったとき、私の生活にもさまざまな転換と変化が生じた。私はもう庭も家ももたず、家族と離別せねばならず、孤独と瞑想の年月を迎えて、それを味わいつくさなければならなかった。

当時私は、長い長い流刑生活の幾冬に、よく寒い部屋の小さな暖炉の前にすわって、手紙や新聞を燃やし、あの古いナイフで薪を火にくべる前に意味もなく削ったりしながら、炎を見つめたものであった。そして私の生活と私の名誉心と知識と私の自我のすべてがゆっくりと焼失し、清らかな灰になるのを見た。それ以後、自我や、名誉心や、虚栄心や、濁った生活の魔術のすべてが、くりかえしくりかえし私をまきこみはしたものの、どうにかひとつの避難所が見つかり、ひとつの真理が認識された。そして故郷が、私が生涯ついに建設し所有することに成功しなかった故郷が、私自身の心の中に育ちはじめた。

この長い道のりを私についてきたその庭仕事用のナイフを、私がこんなにも惜しむのは、英雄的でも賢明でもない。けれど、今日はとにかく私は英雄的でも賢明でもありたくない。そのためには、明日また時間がある。

（一九二三年）

(1)生計のための町と獄中のような生活＝ヘッセは当時、バーゼルの古書店に勤めていた。

(2)その戦争を外国から見ること＝一九一二年からスイスに住んでいたヘッセは、二年後に第一次世界大戦が始まったときベルンの領事館に申し出て、徴兵検査を受けたが、強度の近視のため猶予され、戦争捕虜援助の仕事に専心した。二年後再度の徴兵検査でも不合格であった。この間、詩人や学者までが戦争を賛美し、敵国の文化まで否定して愛国心をあおる傾向に心を痛めて、それをいさめる論説をスイスの新聞に掲載したが、その平和主義に対してヘッセは「売国奴」、「兵役忌避者」などと非難を浴びせられ、ドイツの新聞・雑誌からボイコットされた。

晩夏

晩夏は一日また一日とあふれるばかりの
心地よい暖かさを贈ってくれる　散形花の上では
ひとつの蝶がここかしこものうげに羽ばたきながら
漂い　金ビロードにきらめいている。

夕べと朝は　うっすりとかかった霧に
しっとりと息づき　その湿り気がまだ生暖かい。
桑の木から　突然光を浴びて
黄色い大きな葉が一枚　おだやかな青空に舞い上がる。

蜥蜴は陽のあたった石の上に憩い
葡萄の房は葉陰に隠れている。
世界は魔法にかけられて　眠りの中に夢の中に
とじこめられているようだ　そして目ざますなと君に警告する。

そのように　永遠に凝固していた音楽が
ときおり何小節にもわたって揺れ動き
やがて目覚めて呪縛から身を解き放ち
生成への意欲へ　現実へと立ち帰ってくる。

私たち老人は　果樹垣に沿ってとり入れをし
日に焼けた褐色の手をあたためる。
昼がまだ笑っている　まだ終わりにはならない
今日とここがまだ私たちを引きとめ　よろこばす。

対照

盛夏である。もう数週間前から私の書斎の窓辺のタイサンボクの木が花を咲かせている。それは一見無造作に、一見平静に、緩慢に、しかし実際は急速に、派手に花咲くという点で、南国の夏のひとつの象徴である。雪のように白い巨大な花のうてなは、ふつう数個か、せいぜい八個か十個が同時に開く。そのためその開花期の二カ月のあいだに、じつはこのすばらしい巨大な花が非常にはかなく、どの花も二日以上はもたないのに、この木全体は、だいたいいつも同じような姿に見えるのである。

この花は、たいてい早朝に、白っぽい、ほんのりみどり色をおびたつぼみから咲き出して、純白で、この世のものとは思えないほど魅惑的に、雪白の繻子のように光を反射しつつ、暗く光る硬い常緑の葉のあいだから浮かび、一日のあいだ新鮮に、輝くように咲いて、それからゆっくりと変色しはじめる。花びらのふちが黄色くなりはじめ、形がくずれはじめる。ほろりとさせるようなあきらめと疲労の表情を浮かべて、老衰しはじめる。そしてこの老化も一日しか続かない。それからは白い花はもう変色して、淡い肉桂のような茶色になってしまう。昨日は繻子のようであった花びらは、今日は繊細でやわらかな獣のなめし革のような感触をもつようになる。息吹のようにほのかでありながら、しっかりした、というより強靱な実体をもつ、ゆめのような、すばらしい布地のようである。

　このようにして私の大きなタイサンボクは毎日その清らかな雪のような花をつける。その花は、いつも同じものであるかのように見える。この花から、さわやかなレモンの香りを連想させる、上品な、刺激的な、快い、しかし甘い匂いが私の書斎に吹き込んでくる。この大きなタイサンボク（北方でも知られている春に咲くハクモクレンと混同しないこと）[1]は、こんなに美しいのに、いつも私の友であるとはかぎらない。この木を、へきえきして、それどころか敵意をもって見つめる季節もあるのだ。

　この木はひたすら成長する。この木が私の隣人であった十年のあいだにあまり大きく伸びすぎたために、秋と春の数カ月、とぼしい朝の陽光が私のバルコニーから失われてしまった。木は巨漢になってしまったのだ。その猛烈な盛んな育ちぶりのためにしばしば、この木は私には、無愛想で、急に背が伸びた、のっぽでのろまな少年のように思われる。今はしかし、盛夏の開花期間中で、木はやさしい品位をたたえておごそかに立ち、そのこわばった、光沢のある、ラッカーを塗ったような葉を風にカタカタ鳴らしている。そしてそのやわらかな、あまりにも美しい、あまりにもはかない花々を大切に支えている。

この白い巨大な花を咲かせる大きな木に向かい合って、もう一本の木が、小びとのような木が立っている。それは私の小さなバルコニーの上で鉢に植えられている。それは一本のずんぐりしたイトスギの一種の盆栽で、一メートルの高さもないけれど、もうまもなく四十歳になる。小さなこぶだらけの、自信ありげな小びとで、ちょっぴり感動的で、ちょっぴり滑稽で、威厳にみちてはいるが、風変わりで、微笑みをさそう木である。

これは私がつい先日誕生日の贈り物としてもらったばかりで、今はそこに立って、個性的な、何十年もの嵐のためにこぶだらけの、指の長さくらいしかない太枝を伸ばして、彼の巨大な兄貴分の方を平然と見やっている。この威厳にみちた小びとを覆い隠すには二つの花で十分であろうと思われるほど巨大な兄貴分の方を。そんなに小さいことを彼は少しも気にしていない。彼は、葉っぱ一枚で自分の枝全体の大きさのある、この大きな、太った兄貴分のタイサンボクをぜんぜん見ていないように思われる。彼は、奇妙な、小さな壮重さで、深く物思いに沈んで、すっかり自分の心の中にひきこもって、非常に年を取った様子をしてそこに立っている。人間の小びともしばしば言いようもなく年をとっているか、時間を超越しているように見えることがあるけれど、まるでそんなふうである。

二、三週間前から私たちを攻め立てる法外な夏の暑さのために、私はめったに外へ出ない。いくつかの部屋の中で鎧戸を閉めきって暮らしている。そしてこの二本の木、巨人と小びとが私のつきあいの相手である。このタイサンボクの巨木は、私にとってはすべての成長するもの、すべての衝動的で自然のままの生命、あらゆる無分別と情欲にみちた生産力の象徴であり、本能の呼び声である。これに対して無口な小びとは、いうまでもなく、その対立物である。彼はそんなに広い空間を必要とせず、浪費せず、緊張と持続を求める。彼は、自然ではなく精神であり、衝動ではなくて意志である。親愛なるかわいい小びとよ。何と風変わりに、思慮深そうに、何と辛抱強く年老いておまえはそこに立っていることだろう!

健康、有能、あさはかな楽観主義、一切の深遠な問題を嘲笑して拒絶すること、挑戦的な問題提起を怠惰に卑怯に回避すること、瞬間の享楽を追い求める生き方——これが現代のスローガンである——このようにして私たちの時代は、世界大戦についてのわずらわしい記憶をごまかそうとしている。極端に事なかれ主義的に、アメリカまがいに、太った赤ん坊の仮面をかぶった俳優が、極端におろかしく、信じられぬほど幸せそうに、喜びに顔を輝かして《《スマイルを浮かべて》》、流行の楽観主義が、毎日毎日新しく美しい花で飾られて、新人映画スターの写真をもって、世界新記録の数をぶらさげて、そこに立っているのだ。こうした偉大さがすべて瞬間的な偉大さにすぎないことや、こうした写真や最高記録の数がすべてただの一日しかもたないことなど、誰も問題にしない。そんなものはたえず新しいのが出てくるからだ。

そしてこの戦争と悲惨を、死と苦しみを、人びとがただそう思い込んでいるだけのばかげたことだと宣伝し、何らかの憂慮や問題性についてはまったく無関心であろうとする、この少々無理に誇張されすぎた、度を越して馬鹿げた楽観主義によって、——この実物大以上の、アメリカの手本にならって演出された楽観主義によって、心ある人びとは、まさに同程度の過度な表現を強いられ、二倍に先鋭化した批判を、二倍も深刻な問題提起を強いられ、流行思想家とイラスト入りの新聞雑誌が表しているような、あのラズベリー色の小児的世界観全体に対して敵意にみちた拒絶をすることをよぎなくされている。

こうして私の隣人である二本の木、驚くべき活力をもったタイサンボクと、絶妙に非物質化し、霊化した盆栽とのあいだに私はすわって、現在の世の中の動きを観察し、それについて熟考し、炎暑の中で少しまどろんだり、一服したりして、夕方になって少し涼しい風が森の方からそよいでくるのを待っている。

そしていたるところで、私が行動したり、読んだり、考えたりするときいたるところで、私は今日の世界の同じような分裂に遭遇する。毎日、数通の手紙が届く。ほとんどが未知の人からの手紙で、たいていは好意ある善良な心をもった人からのものである。私に賛意を表するものもあるし、私を弾劾するものもある。そして一方は、すべてが同じ問題を論じ、そろいもそろってとほうもなく楽観主義的なもので、悲観論者である私をいくら責めても責め足りないか、いくら嘲笑しても嘲笑し足りないか、いくら哀れんでも満足しないもの――そしてもう一方は、深い苦悩と絶望のために、私の意見に同意し、私を熱狂的にそして過度に是認しているもの、そのどちらかなのである。

もちろん両方とも、タイサンボクも盆栽も、楽観主義者も悲観論者もどちらも正しい。ただ私は、前者を後者よりも危険だと思う。なぜなら、私は、あの熱狂的な満足と満ち足りた高笑いを見るたびに、あの一九一四年を、あのいわゆるとても健康な楽観主義を思い出さずにはいられないからである。その楽観主義をもって当時全民族が何もかもすばらしく、魅力的だと思い込み、戦争というものは本来相当に危険で、無法な企てであり、おそらく悲しむべき結果になるであろうと警告したあらゆる悲観論者を銃殺するぞと威嚇したのである。

そうなのだ。悲観論者は、ある者は嘲笑され、ある者は銃殺された。そして楽観論者たちは、何年間かこの偉大なる時代を賛美し、歓呼の声をあげ、勝利を収めたけれど、やがて彼らと全民族は凱歌に疲れ果て、勝利に疲れ果て、とつぜんくずおれた。そして今では、かつての悲観論者たちになぐさめられ、生き続けるようにと励まされねばならぬことになった。私にはあの経験をすっかり忘れてしまうことはどうしてもできないのである。

そうだとも。もし私たち知識人と悲観論者が私たちの時代をただ弾劾し、批判し、嘲笑するだけならば、私たちはもちろん正しいとはいえない。しかし、結局私たち知識人（私たちは今日ではロマン主義者と呼ばれている。そしてそれは好意のこもった呼称ではない）も、この時代の一部をなし、プロボクシングのチャンピオンや自動車メーカーの経営者と同様にこの時代の名において語り、この時代の一面を具現する権利をもっていないであろうか？　この問いに私は堂々と「その権利がある」と答えたい。

この絶妙な対照をなす二本の木は、自然界のすべての事物のように、この対立に無頓着に、それぞれが自分自身と、自分の権利とを確信して、それぞれがしっかりと、粘り強く立っている。タイサンボクはみずみずしくふくらみ、その花はむせかえるような香りを送ってくる。そして盆栽の木はその分だけいっそう深く自分自身の中に引きこもっている。

（一九二八年）

(1)原文では、タイサンボクがSommermagnolie（夏木蓮）、ハクモクレンがFrühlingsmagnolie（春木蓮）であるため、「混同しないように」という但し書きがある。ちなみに、タイサンボクもハクモクレンもともにモクレン（*Magnolie*）属である。

花盛りの枝

たえまなくあちらへこちらへ
花盛りの枝が風に揺れ動く
たえまなく　ゆらゆらと
私の心が子どものように揺れ動く
晴れた日と曇った日のあいだを
欲望と諦めのあいだを。

花々が風に散って
枝が実をつけるまで
心が幼年期に飽きて
おちつきを得て　こう告白するまで
不安にみちた生のたわむれは
喜びにみち　むだではなかったと。

百日草

親愛なる友よ！　この奇妙な、常軌を逸した夏もいつか終わるに違いありません。今、山々はもうあの宝石のような光を帯び、過度に鮮明に細部まで立体的にその姿を見せ、本来なら九月特有のものであるあの透き通った、淡い、甘美なコバルトブルーに染まっています。朝にはもう草原がしっとりと露に濡れるようになり、桜の葉にはもうゆっくりと深紅に色づきはじめたものもあり、ニセアカシアの葉には黄金色が見られるようになりました。

今年の夏は、そちら、マイン川の北側のエスキモーの国々(1)でもひどい暑さだったようですから、こちら、南国では、寒さに震えるようなことはなかったろうと思っておられるでしょう。こちら南国でも異例の夏で、ほんとうに異常な雷雨があり、一度は四日間も続きました。嵐もたびたびやって来ました。見た目にはすばらしいこともありましたが、身体にはよいものではなく、私は身体の具合を悪くしました。

けれど私はこの夏を決して無為に過ごしたわけではありません。私はあの幸せを享受しました。不安ばかりで成り立っているように見えながら、やはり非常に強烈で、刺激的で、天候や肉体的な苦痛などによって破壊されることのない幸せを、私たちのような者にとって本来唯一の、最高の幸せを、つまり情熱を傾けて仕事をするという、何かを創り出すという、創造的であるという幸せを享受したのです。この仕事についてはこれ以上詳しいことを申し上げることはできません。

二、三年たったらそのときには私たちはそれについて語り合うことになるでしょう。毎年事情通の新聞・雑誌に、たとえば「われわれの偉大な劇作家X氏は、目下ライン河畔の別荘で、この上もなく時局にかなった素材……を扱った喜劇を執筆中である」などと報告することを許すあの作家たちを、私はいつもうらやましく思い、それに驚いてしまいます。ひとつの作品の執筆中に、その名と内容が新聞に知られ、予告されるということが一度でも起こるようなことがあれば、私は自分の原稿を全部暖炉の中へつっこんで燃やしてしまうだろうと思います。そうでなくても、私が何週間、何カ月ものあいだ重要で、好ましいと思い続けた作品に、突然魅力を感じなくなったり、突然その仕事をする力量の不足を認識して絶望したりして、その仕事を中止し、ついには破棄してしまうことが、私の場合にはよく起こりがちだからです。

仕事のかたわら、私はまたいくつかの美しいものを読みました。その中で最もすばらしかったのは、暖かい七月の幾夜か、シュティフター[2]の『野の花』を静かに再読したことでした。親愛なる友よ、これは何と優美な、魅力的な小冊子なのでしょう！

仕事に励んだ暑い夏の数週間のあと、私が自分にいくばくかのやすらぎと休息を快く許していることをあなたは分かって下さると思います。やすらぎや休息は残念ながら何もしないでいることではなく、——この幸せのための才能を私はまったくもちあわせていないのです。——ふだんよりのんびり暮らすこと、ある種の敬虔な気持ちをもって夏がしだいに終わってゆくのを眺めて暮らしたいという欲求に応じることなのです。

夏がしだいにおとろえてゆくこの時期には、大気中にある種の明澄さがあります。もしも画家たちが「絵画的」という言葉を「描きやすいもの」という意味に解釈しなければ、私はこの明澄さを「絵画的」と表現したいと思います。しかしこの明澄さは絵に描くことがきわめてむずかしいでしょう。それでいて、それを絵筆によって克服し、賛美したいと果てしなく気をそそられるのです。なぜなら、色彩がこんなに深い魔的な光度を、こんなに宝石のような輝きをもつことは、この時期以外に決してなく、物の影が薄くなることなしにこのような柔らかさをもつことは決してなく、また、一切のものがすでに秋の気配に軽く染まりながら、本格的な秋の少しけばけばしく、きつい色あざやかさがまだ始まっていない今の時期ほど植物の世界に美しい色彩が見られることも決してないからです。

ともかく、庭園には今、一年中で最も色鮮やかな花々が咲き、そこかしこに今もなおザクロ、それからダーリアとゲオルギーネ、[3]百日草、早咲きアスター、神秘的なサンゴフクシア等が燃えるように赤く咲いているのです！　しかし晩夏と初秋の色あざやかさの神髄は何といっても百日草です！　この花は今の時期いつでも私の部屋に插してあります。この花はありがたいことに、とにかく非常にもちがいいのです。そして私はこのような百日草の花束の、とりたての新鮮なときから枯れるまでの変化を、この上ない幸せな気持ちと好奇心をもって見守るのです。

花の世界でも、切り取ったばかりの一ダースもの多種多様な色彩の百日草ほど晴れやかで、はつらつとしたものはありません。この花の色彩はもう強烈に内部から輝きを発し、色彩そのものが歓声をあげているのです。この上もなく派手な黄色と橙色、無類に陽気な赤と比類なく素晴らしい赤紫色、それらは、よく素朴な田舎娘のリボンや日曜日の民族衣裳の色のように見えることもあります。——

私たちはこれらの強烈な色彩を望みのままに並置したり、互いに混ぜ合わせたりするのですが、それらはいつもうっとりするほどの美しさです。しかもそれぞれがただ鮮烈で、輝いているというだけでなく、互いに受け入れあい、互いに調和しあい、互いに刺激しあい、効果を高めあっているのです。

もちろん私は特別新しいことを申し上げているわけではありません。私が百日草の発見者だなどと自惚れているわけでもありません。私がこの花を熱愛していることをお話ししているにすぎません。この熱愛の情は、数年来私が味わったうちで最も好ましい、最も快い感情に入れることができるからです。しかも、多分少々老いぼれたとはいえ、決して弱々しいものではないこの熱愛の情は、まさにこの花が枯れて行くときに、とりわけ燃え立つのです！

花瓶の中でゆっくりと色あせて枯れてゆく百日草を見ていると、私はひとつの死の舞踏を、無常との半ば悲しい、半ば甘美な合意を体験するのです。まさにこの上なくはかないものが最も美しく、死んでゆくことさえこんなに美しく、こんなに華麗で、こんなに愛すべきものだということがあるからです。

愛する友よ、一度、切り取ってから八日、ないし十日たったひと束の百日草を観察してみてごらんなさい！　そしてそれからその百日草が何日ものあいだ、変色してゆきながらもあいかわらず美しいままであるのを観察してごらんなさい。毎日それを二、三度ほんとうに綿密に観察してごらんなさい！　新鮮なうちは極めて派手で強烈な色彩をもっていたこの花たちが、今や比類なく上品で、極めてもの憂げな、この上もなく繊細なニュアンスをもった色彩になってゆくのをごらんになるでしょう。

一昨日のオレンジ色は、今日はネイプルズイエローになります。明後日には、淡いブロンズ色を帯びた灰色になるでしょう。陽気な田舎風の赤紫色は徐々に褪せた色に、白っぽい色に覆われたようになってゆくでしょう。弱ってゆく花弁のへりは、あちこちでゆるやかなひだをなして反り返り、くすんだ白色に、曾祖母のすっかり色褪せた絹物とか、あるいは古い、不透明な水彩画などに見られるような、何とも表現しようのないいじらしい、嘆きかなしんでいるような灰色がかったローズ色になります。

そして友よ、花弁の裏側もよく注意してごらんなさい！　しばしば花柄が折れたりすると、突如としてはっきりと姿を現すこの陰になった側で、このような色彩の変化のたわむれが演ぜられるのです。この昇天が、死んでますます霊的なものになって行く過程が、花冠そのものにおけるよりもいっそう薫り高く、いっそう驚異的に演じられるのです。ここではほかの花の世界では見られない失われた色彩が、独特の金属的で鉱物的な色調が、灰色、灰緑色、ブロンズ色などの変わった色が見られるのです。こんな色は、ほかでは高山の石とか、あるいは苔や海草の世界でしか見られないものです。

あなたは、高貴なヴィンテージワイン独特のほのかな芳香や、桃の皮とか美しい女性の肌のうぶ毛の光沢を高く評価なさるのとまったく同じように、このようなものをきっと評価して下さるでしょう。私が枯れてゆく百日草の色彩や、シュティフターの野の花の、優美な、消えてゆく色調への愛に燃えたとしても、あなたから感傷的なロマンチストだといって笑われることはないと思います。人並み以上の繊細な感覚と、魂のこもった体験の可能性はもっているつもりですので。

けれども私たちのような人間は少数になってしまいました。友よ、私たちのような種類の人間は絶滅に瀕しています。一度試してご覧なさい。音楽的才能が蓄音器を操作することであったり、きれいにラッカーを塗った車を美の世界に入れたりするアメリカの現代人に――この程度で満足している欲のない人たちに、ためしに一度、一輪の花の死を、ローズからライトグレイへの色の変化を、この上もなく生き生きしたものとして、刺激的なものとして、すべての生命あるものやすべての美しいものの秘密として共に体験するという芸術の授業をしてごらんなさい。彼らはびっくりするでしょう。

この夏の手紙があなたに思い出させるかもしれないあれこれのことについて、少しお考え下されば、あなたはきっと、今日の病気は明日の健康な状態なのであり、またその逆もありうるというあの考えがもう一度あなたの心によみがえるのに気づかれるでしょう。一見あれほどたくましく、呪わしいほど健康に見えるお金人間、機械人間がもう一世代のあいだ幸せに痴呆化を続けたならば、そのときには彼らはおそらく、彼らをふたたび美と魂の秘密の世界へ案内してくれる医者や教師や芸術家や呪術師を雇って、高給を支払うことになることでしょう。

（一九二八年）

(1)エスキモーの国々＝友人の住む地方を冗談でそのように表現した。
(2)シュティフター＝アーダルベルト・シュティフター。一八〇五―六八。ボヘミア生まれの小説家。自然の風物とつつましい人間の生活を愛し、短編『習作集』(『野の花』を含む)、『石さまざま』、長編『晩夏』などの名作を書いた。
(3)ダーリアとゲオルギーネ＝ダーリアはスウェーデンの植物学者アンドレーアス・ダール（一七五一―八九）の名にちなむ代表的な園芸植物。ゲオルギーネはダーリア属の一品種名で、ペテルスブルクの植物学者ヨハン・ゴットリープ・ゲオルギー（一七二九―一八〇二）の名にちなむ。

秋のはじめ

秋は白い霧を撒きちらす
いつまでも夏が続くわけにはいかない！
秋の夕べはランプを灯して早々と
私を冷たい戸外から家へ帰れと誘う。

やがて樹も庭も空っぽになる
燃えているのは家の壁をはう蔦ばかり
やがてそれも消えてゆく
いつまでも夏が続くわけにはいかない。

少年のころ私をよろこばせたものは
もう昔の楽しい輝きをもたず
いまでは決して私をよろこばすことはない——
いつまでも夏が続くわけにはいかない。

おお　愛よ　ふしぎな情熱よ
幾歳月もの喜びにつけ苦しみにつけ
私の血の中で燃え続けてきた——
おお　愛よ　おまえも燃えつきてしまうのか？

落葉を焚くヘッセ、
1952年（75歳）

夏と秋とのあいだ

今年の夏のかなりの部分を、悪天候や、病気や、あれやこれやのために、私はすっかりむだにしてしまった。しかし、この夏と秋とのあいだの時期、最後の暑い幾夜かと、アスターの花の咲き始める時期を、私は全身の毛穴で吸い込む。この時期は私にとって一年全体の頂点であり、充実しきった時期なのである。

冬や春にこの時期のことを考えると、美しく、好ましく、はかないものの姿ばかりが記憶によみがえる。たとえば、花柄の先で重さのために傾き、自らの甘美な芳香の夢に陶酔している開ききったバラの花、あるいはちょうどよい瞬間に果樹垣から摘みとられたひとつの桃、ちょうどよい瞬間に、つまり、それが自分の甘みと熟し切った重みに満ち足りて、もうこれ以上生きることを望まず、私たちが触っただけで抵抗することもなく、柔順に私たちの手に落ちる、あのほんのりと深紅色を帯びた、熟した桃の姿である。あるいは、人生の頂点、愛の能力の頂点にあり、成熟と知力と体力の充実からくる落ち着いた表情をもち、気品にみちた物腰に、バラの香りのような一抹の憂愁をたたえて、無常へ静かに身をゆだねた、ひとりの美しい女性の姿である。

せいぜい九月の半ばまでしか続かないこのような日々に、硬くなった葉の茂みの中で葡萄が青く色づきはじめ、夜ごとに私の書斎のランプのまわりで無数のこまかい宝石のように微光を放つ小さな蛾や、スカシバ類や、甲虫類が羽音を立てて飛びまわり、朝ごとに庭の大きな鈍く光る蜘蛛の巣に露の滴がもう秋らしくきらめき、一方では一時間もたつとやはり地面や植物が静まり返った蒸し暑さに湯気を立てる、このような晩夏の燃えるような日々に――私が子どものころから特に好きだった夏と秋とのあいだのこの数日に、自然のやさしい声に対する感受性のすべてが、つかの間の色彩のたわむれに対する好奇心のすべてが、たとえば、時期よりも早く枯れてゆく葡萄の葉が一枚日光を浴びて向きを変えながら丸まってゆく様子や、小さな黄金色の蜘蛛が一匹糸にぶらさがって漂いながら、綿毛のようにふわりと木から下りて、日に照らされた石の上に蜥蜴のように休み、太陽の光線をすっかり味わいつくすために体を平らに伸ばす様子や、枝についていた一輪の色あせた赤いバラの花が散り、この重荷が音もなく消えた後、軽くなった枝がかすかにはね上がるというようなささやかな現象などを、狩人のように息をころしてうかがい、観察する習慣がふたたび私に戻ってくる。

そんなとき、これらすべては、かつて少年時代の私の感覚に対してもっていたと同じ鋭さと重大さをもってふたたび私に語りかけてくる。そしてずっと昔に過ぎてしまったたくさんの夏の、無数の光景が私の心によみがえり、気ままに映じる記憶のスクリーンに、あるいは明るくあるいはおぼろに現れるのである。

たとえば、捕虫網と胴乱をもった少年時代のひとときや、両親といっしょの散歩の場面や、妹の麦藁帽子に挿したヤグルマギクや、泡立ち流れる山の渓流を橋の上から見下ろしてめまいを感じたハイキングの日々や、渓流の水しぶきがふりかかる手の届かない岩の上で揺れているナデシコの花や、イタリアの田舎家の塀の中に咲いている淡いバラ色のキョウチクトウや、シュヴァルツヴァルトのエリカのびっしり生えた高原にたちこめる青っぽい霧や、ひたひたとおだやかな波の音を立てるボーデン湖の水際に立ち、光の屈折する水面に映るアスターやアジサイやペラルゴニウムを見下ろす庭の塀などである。これらは多様な形象だけれど、すべてのものに共通なのは、和らげられた激情、成熟の芳香、最盛期、待ち受けるもの、桃の実のやわらかなうぶ毛、成熟の頂点にある美しい女性の半ば意識された憂鬱の雰囲気をもつものである。

今、村や自然の風景の中を通ってゆくと、農家の庭の燃えるようなキンレンカのあいだに、青と赤紫のアスターが咲いているのが見られる。そしてサンゴフクシアの下では、地面が甘い香りの真っ赤な落ちた花でおおわれている。葡萄畑の畝のあいだの道では、もうかなりの葉に秋の色の最初の気配が、あの金属的な茶色がかったブロンズ色の鈍いほのかな光が見られる。まだ半ばみどり色の葡萄の房にようやく青く色づいた実が見られ、その中のいくつかはもう暗青色になって、試してみると甘い味がする。森の中では、ニセアカシアの上品な青緑色の中から、あちこちに黄葉しはじめた栗の黄金色の斑点が、ホルンの合図のように明るく、澄んだ音で鳴り響く。そして栗の木からは、まだ熟していない緑色の棘のある実があちこちに落ちている。この強靱な、緑の毬は、開けるのがむずかしい。棘がとてもしなやかなようでいて、一瞬のうちに皮膚に突き刺さる。この小さな頑丈な実は、脅かされた命をこうして猛然と守るのだ。殻から実をとり出すと、実は半ば熟したハシバミの実のような硬さであるが、ハシバミの実よりも渋い味がする。

　昨今のむし暑さにもかかわらず、私は頻繁に戸外に出る。この美しさがどんなにはかないものであるか、この美しさがどんなにあわただしく別れを告げてゆくか、その甘美な成熟がどんなに突然に死と枯渇に変わってしまうかを、私はあまりにもよく知っている。それで私はこの晩夏の美に対して、かくも吝嗇《りんしょく》で、かくも貪欲なのだ！

　私はすべてを見たい。すべてを感じ、すべてを嗅ぎ、この夏の氾濫が私の五感に味わうようにと提供している一切のものを味わいたいばかりではない。私は突然の所有欲に襲われて、それらをあますところなく保管し、冬に、来るべき日々に、歳月に、老年にいたるまで携えて行きたいのである。そのほかのことでは私はほんとうに所有ということにそれほど執着しないし、容易に別れ、ぞうさなく手放すが、今はただ確保したいという情熱が私を苦しめる。そのことで私はときどき自分を滑稽に思わずにはいられない。庭に、テラスに、風見の旗の下の小さな塔の上に、私はくる日もくる日も何時間ものあいだすわりつづけている。突然ものすごく勤勉になって、鉛筆と絵の具で、咲き誇り、そして消失しつつある富のうちのあれこれを保存しておこうと試みるのだ。

私は庭の階段の上の朝の影を、太いフジの蔓の渦巻きを苦労して写生し、そして吐息のように淡く、しかも宝石のように輝かしい夕べの山々のはるかな透明な色彩を写そうと努める。それから私は疲れて、疲れ果てて家に帰る。そして夕方私の描いた絵を紙挟みに収めるとき、自分がいろいろなもののうちなんとわずかなものしか描きとめ、保存することができなかったかを知って、ほとんど悲しい気持ちになってしまう。

それから私は、夕食の果物とパンを食べるのだが、そのとき、もともと薄暗い部屋がもうすっかり暗くなった中にすわっている。まもなく七時前にはランプを灯さなくてはならないだろう。そしてまもなく、もっと早い時間に明かりを灯さなければならなくなる。そしてやがて暗闇と霧と寒さと冬に慣れてしまうだろう。世界がかつては一瞬のあいだあんなにも光で満たされ、完全であったことを、もう思い出すこともできなくなるだろう。考えを切りかえるために、私は夕食後十五分間読書をする。が、最近は精選された良いものしか読めない……

部屋は暗くなっても、外ではまだ一日がゆっくりと過ぎ去りながら残光を放っているとき、私は立ち上がってテラスへ出る。そこでは煉瓦葺きの、キズタに覆われた胸壁ごしに、カスタニョーラ、ガンドリア、サン・マメーテ[1]のあたりを見渡すことができる。そしてサルヴァトーレ山のかなたにモンテ・ジェネローゾ[2]がバラ色の夕映えにつつまれているのが見える。十分、十五分、この夕べの幸せは続く。

体じゅうが疲れ、眼も疲れてはいるけれど、この景色にあきたり、見る気がしなくなったりすることはなく、この景色を存分に味わいながら安楽椅子にすわっている。そして休息し、何も考えない。まだ陽光のぬくもりの残っているテラスには、私のいくつかの草花が、かすかに光る葉とともにゆっくり眠りにつきながら、ゆっくりとその日に別れを告げながら、最後の夕映えの中に咲いている。黄金色の棘をもった大きなウチワサボテンが、よそよそしく、すこし当惑したように、エキゾチックにしゃちほこばって立っている。それはまったくひとりぼっちで立っている。私の女友だちがこのおとぎ話の木を私にプレゼントしてくれたのである。それは屋上のテラスで特等席を占めている。そのかたわらにサンゴフクシアが微笑んでおり、ペチュニアの紫色の花冠は黒ずんで見える。が、ナデシコやスイートピーやマルタゴン・リリーやウシノシタグサはとうに咲き終わってしまった。

花たちはいくつかの鉢と小さな箱につめこまれて生えている。その花弁の色彩は、葉の色が黒ずんで見えるようになるにつれていっそう強烈に燃え立ちはじめる。それらは、数分のあいだ大聖堂のステンドグラスのように、色濃く燃えるように輝く。それからはゆっくりと消えてゆく。ゆっくりと、日ごとの小さな死を、大きな一度限りの死の準備をするために、死んでゆくのだ。いつのまにかそれらから光が消え失せ、いつのまにかその緑が黒に変わり、快活な赤や黄色のまじりあったパステル色になって、夜の世界へと死んで行くのだ。ときどき遅い時刻になってから一頭の蛾が、夢のような羽音を立てて飛ぶスズメガが花のところへ飛んでくることがある。

けれどまもなくこのささやかな夕べの魔法も消え失せて、かなたの山なみが突然暗く、そしてどっしりと重々しくなった。まだ星がひとつも見えない薄いみどり色の空からいくつかのコウモリがあわただしくサッと飛んで来て、稲妻のようにすばやく消え去る。眼下の谷間では、白いシャツ姿の男がひとり牧場の草の中を行き来して、草を刈っている。村はずれの別荘のひとつからかすかなピアノの音が、風に半ば吹き消されて、眠気を誘うように響いてくる。

部屋に戻って明かりをつけると、ひとつの大きな影が部屋をよぎり、かすかにバサバサと音を立てて一頭の大きな蛾が明かりの上の緑色のガラスのかさに向かってふわりと舞い上がった。蛾は明るい光を浴びて緑色のガラスにとまると、長く細い羽をたたみあわせて、細い毛の生えた触角をふるわせる。まっ黒い小さな眼が濡れたピッチの滴のように輝いている。たたんだ羽の表面には、まるで大理石のようにさまざまな条紋をもつ繊細な模様が走っている。その羽の、くすみ、混じりあい、ぼかされた茶色や灰色などのすべての色調は、枯れ葉と見まがう色であって、ビロードのようにやわらかな感じを与える。私が日本人であったなら、祖先たちからこれらの色彩とその混合色それぞれについておびただしい数の正確な呼び名を受け継いだことであろう。そしてこれらすべての色調の名をあげることができたであろう。しかしそうしてみたところで、スケッチをしたり、色を塗ったり、考えこんだり、あるいは文字で描写したりしてもたいした成果が上がらないと同様、たいしたことはできないであろう。

この蛾の羽の赤褐色や、紫色や、あるいは灰色の色調の中には創造の秘密が、そのすべての魅力と、そのすべての呪いが表現しつくされている。無数の顔つきをもってその秘密は私たちを見つめ、パッときらめいたかと思うとまた消えてしまう。そして私たちは、それらのうちの何ひとつ確実に記録しておくことなどできない。

（一九三〇年）

(1)カスタニョーラ、ガンドリア、サン・マメーテ＝いずれもヘッセが住んでいたモンタニョーラから見て東北東の方向のルガーノ湖岸にある町。

(2)サルヴァトーレ山……モンテ・ジェネローゾ＝ヘッセの家から見て東方にそびえる山。サルヴァトーレ山は海抜九一二メートル。モンテ・ジェネローゾはルガーノ湖対岸のイタリアとの国境の山で海抜一七〇一メートル。

湖を望む花壇、ヘッセ水彩画

花に水をやりながら

夏がしぼんでしまう前に　もう一度
庭の手入れをしよう
花に水をやろう　花はもう疲れている
花はまもなく枯れる　もしかしたら明日にも。

世界がまたしても狂気になり
大砲がとどろく前に　もう一度
いくつかの美しいものを見て楽しみ
それらに歌を捧げよう。

椿、ヘッセ水彩画

百日草、ヘッセ水彩画

ハクモクレン、ヘッセ水彩画

木と湖、ヘッセ水彩画、1930年

カーサ・カムッツィの庭の一角、ヘッセ水彩画、1930年

詩「花に水をやりながら」（130頁）に添えられた水彩画、1932年頃

「自分で栽培したモンタニョーラの珍味。ヒマワリの種は画家と小鳥たちの最高の御馳走」の自筆メモあり。1935年（58歳）

一区画の土地に責任をもつ

私が孤独の生活をずっと続けていたならば、私がもう一度人生の伴侶を見つけることがなかったならば、もう年老いて健康ではないひとりの人間にとって、多くの点で不便ではあったけれど、このカムッツィ館からまた出て行くようなことは決してなかったであろう。私はこのおとぎ話に出てくるような家で、ひどい寒さに悩み、ほかにいろいろな種類の困難を忍んできた。そのために最後の数年間は、やはりもう一度引っ越そうか、老後にもっと快適に、健康に暮らせる家を一軒買おうか、借りようか、それともいっそ建てようかという思いが、くりかえし心に浮かんだけれど、それを一度もほんとうに真剣に考えたわけではなかった。それは願望であり思いつきであって、それ以上のものではなかったのである。

そんなとき、あのすばらしい夢のような話が生まれたのである。一九三〇年のある春の晩、私たちはツューリヒの「箱舟」(1)にすわって、雑談をしていた。話題は家と建築のことになり、私はときおり心に浮かぶ自分の家の希望を述べた。すると、突然友人のB(2)が私に笑いかけて、大きな声で「その家をあなたはおもちになれますよ！」と言った。
これも冗談だ、ワインを飲みながら過ごした晩の楽しい冗談だ、と私は思った。ところがこの冗談が本物になったのである。私たちがあのころ遊び半分に夢想していた家が、すごく大きくすばらしい家が実際に建つことになったのだ。しかも生涯自由に使えるというのだ。もう一度私は、私の住まいをあらたに整えることになり、ふたたび《全生涯》住むつもりで考えることになった。今度はおそらくうまく行くだろう(3)。

（一九三一年）

どこかにわが家をもち、一区画の土地を愛し、耕して植物を植え、ただ観察したり絵に描いたりするだけでなく、農民や牧人のつつましい幸福をともに味わい、二千年来不変のウェルギリウスの農事暦(4)のリズムに参加することは、私自身、かつてそれを経験し、自分が幸せになるにはそれでは不十分だと分かっていたにもかかわらず、私には、すばらしい、うらやむべき幸運のように思われた。
するとどうだろう。このすばらしい幸運がもう一度私に与えられたのだ。熟した栗の実が旅人の帽子の上に落ちてきて、もうただむいて食べさえすればいいように、それは私のふところにころがりこんできたのだ。私は、まったく思いがけなく、もう一度家をもち、自分の財産ではないけれど、終身借地人として一区画の土地をもつことになったのだ！　つい先日、私たちはその土地に家を建て、引っ越しをした。こうして今、私は、自分のためにもう一度、たくさんの思い出の中からよく知っているささやかな農夫の生活をはじめることになった。といっても、私はその生活を熱烈に、むきになってやろうと思っていたわけではなかった。むしろのんびりとやって、仕事よりも暇を求め、森を開墾したり農園をつくったりするよりも、秋の焚き火の青い煙のそばで夢見ていたいと思うのである。

それでもやはり、私はすばらしいシロサンザシの生け垣や、灌木や樹木やいろいろな草花を植えた。こうして私は、今、比類なくすばらしい晩夏や秋の日々に、ほとんど草の中で、庭の中で、若い生け垣の剪定をしたり、春のための菜園の準備をしたり、道の草取りをしたり、泉の掃除をしたりして過ごした。――そしてこれらすべてのささやかな仕事をしながら、地面で焚き火をした。雑草や、枯れた小枝や枯れた茨や、緑色の、あるいは茶色に枯れた栗のイガなどで焚き火をした。

人生にはいろいろ苦しいことも悲しいこともあるにせよ、それでもときおり、希望の実現とか、充足によってもたらされる幸福が訪れるものである。その幸福が決して長く続かなくとも、それは多分よいことなのかもしれない。目下この幸福は、定住して、家郷をもつという気分、草花や、樹木や、土や、泉に親しむこと、一区画の土地に対して責任をもつこと、五十本の樹木に、いくつかの花壇の草花やイチジクや桃に対して責任をもつことは、実にすばらしい味がする。

毎朝私はアトリエの窓の下で両手に二、三ばいイチジクを摘み取って、それを食べる。それから麦藁帽子、庭仕事用の籠、鍬、熊手、刈り込み鋏などを取ってきて、秋の菜園へ出かけて行く。私は生け垣のそばに立って、それを圧迫している一メートル余も伸びた雑草を取り除き、ヒルガオや、タデや、トクサや、オオバコなどを大きな山となるまで積み重ね、地面に小さな火を燃やし、少し焚き木をくべて勢いをつけ、その上にいくらか緑のものをのせると、それがしだいに燃えてゆく。青い煙がゆるやかにたえまなく泉のようにあふれ流れて、金色の桑の木の梢にまつわり、湖と、山と、空の青さの中へ漂ってゆくのを眺める。

近所の農家から聞き慣れたいろいろな物音が聞こえてくる。うちの泉水のほとりにふたりの年とった農婦が立って、洗濯をし、雑談をし、「マガーリ！」（ほんとにそうなら！）とか、「サント・チェーロ！」（あれ、まあ！）とかいう美しい言いまわしでその話を強調する。

谷の方から可愛らしい裸足の少年が登って来る。あれはアルフレードの息子トゥリヨだ。私は彼が生まれた年のことを思い出す。そのころ私はもうモンタニョーラの住人だった。少年はもう十一歳になる。少年のスミレ色の、洗いざらしたシャツが湖水を背景に美しく映える。少年は四頭の灰色の牝牛を秋の牧場へ連れて行くところだ。牛たちは彼らの鼻にまつわる焚き火の煙を、にこ毛の生えたバラ色の口で確かめるように吸い込み、頭を互いにこすり合わせたり、桑の木の幹にこすりつけたりして、二十歩ほどだく足で先へ進み、葡萄の畝の前で立ち止まり、葡萄の木を口で引っぱっては、小さな牧童から警告される。そしてたえず小さな首の鈴を鳴らしている。

私はタデを引き抜く。気の毒だとは思うけれど、私の生け垣の方が私には大切なのだ。掃除をしている私の手の下の湿った地面に、いろいろな植物や動物が現れる。一匹の薄茶色の、美しいヒキガエルは私の手から少しわきへ避けて、首をふくらまして、私を見つめる。眼はまるで宝石だ。バッタが飛び出す。灰色の昆虫だが、飛ぶときに青と赤煉瓦色の羽を開いて見せる。オランダイチゴの茂みがちっぽけな、きちょうめんにギザギザのある葉を広げている。そのうちの一株が黄色い瞳のある小さな白い花をつけている。

トゥリヨが牝牛に気を配っている。彼は十一歳の少年で、のろまではないけれど、すでに悩み多い思春期にあって、冬に向かうこの季節の空気を感知し、夏の過ぎたあとの倦怠と収穫ののちのけだるさを夢見ながら、休息することの必要を感じている。彼はひっそりと、物憂げにぶらぶら歩き、ときには十五分ほどじっと身動きもせず、利口そうなとび色の眼で青い土地を、遠い紫色の山腹にある白く光っている村々を眺める。ときにはしばしのあいだ生の栗の実をかじってはそれをまた投げ捨てたりする。ついに彼は短い草の上に横になり、柳笛を取り出してそっと吹き始め、どんなメロディーが吹けるかを試す。

　その柳笛はふたつの音色しか出ない。そのふたつの音色で十分にいろいろな旋律を吹くことができる。その木質部と樹皮から生まれる音によって、青い風景、燃え立つ秋、眠たげにたなびく煙、遠い村々、鈍く光る湖、牝牛たち、泉水のほとりの女たちを、茶色い蝶や赤いセキチクの花とともに称えることができる。高くなったり低くなったりするその太古の旋律は、すでにウェルギリウスが聴き、またホメーロス[5]が聴いたものだ。

　その旋律は、神々に感謝し、土地を称える。酸味のあるリンゴを、甘い葡萄を、かたい栗を称え、青や赤や金色を、湖のある谷のうららかさを、遠くの高い山々の静けさを感謝をこめて称揚し、都会の人にはまったくわからない生活を描き、讃美する。その生活は、都会の人の想像しているほどに荒々しくはないけれど、温和でもない。

その生活は、精神的でも英雄的でもないけれど、まるで失われた故郷のように、あらゆる精神的な人間とあらゆる英雄的な人間の心をその本性の核心でひきつける。なぜなら、それは最古の、最も長く存続する、最も素朴で最も敬虔な人間の生活だからである。つまり土地を耕作する者の生活、勤勉と労苦にみちてはいるけれど、性急さがなく、本来憂慮というもののない生活なのだ。なぜならば、その生活の根底をなすものは、信仰であり、大地、水、空気、四季の神性に対する、植物と動物の諸力に対する信頼だからである。

私は、その歌の調べに聴き入り、燃え落ちた火の上にもうひとかさね草の葉をかぶせ、こんなに満ち足りた静かな気持ちで立ちつくして、数日前に夏の燃え立つ奔流にかき乱され、まもなく冬の降雪と嵐に襲われることになるのに、こんなに落ち着いて永遠に変わらぬように見える色彩にあふれた豊かな景色を、黄金色の桑の木の梢ごしにいつまでも眺めていたいと思う。(6)

（一九三一年）

(1)「箱舟」＝ヘッセの友人であり後援者、医者で音楽家のハンス・コンラート・ボードマー（一八九一—一九五六）の家の一室を、友人たちは「ノアの箱舟」と呼んでいた。
(2)友人のB＝H・C・ボードマー。
(3)この文は、エッセイ「新しい家への引っ越しに際して」からの抜粋で、本書七〇頁の文の続きである。
(4)ウェルギリウスの農事暦＝ローマの詩人ウェルギリウス（前七〇—前一九）の『ゲオールギカ』（農事詩）のこと。穀物の栽培、果樹の栽培、家畜の飼育、養蜂などをヘクサーメター（一八二頁の注参照）で歌った四巻からなる詩集で、芸術的な完成度からは、代表作とされる『アイネーイス』以上であるという。ヘッセの作品『庭でのひととき』（一四六頁）はこれを範としている。
(5)ホメーロス＝前八世紀頃の古代ギリシアの詩人。文学史上最古・最大の叙事詩『イーリアス』、『オデュッセイア』の作者とされる。
(6)この文は、エッセイ「テッスィーンの秋の日」からの抜粋。

庭でのひととき[1]

朝七時ごろに　私は部屋をあとにして
まず明るいテラスへ出る。そこではもうイチジクの木陰ごしに
太陽がさんさんと輝き　花崗岩のざらざらした手摺は
もう手に暖かく感じられる。ここにわが庭仕事道具が待っている。
道具はどれもなじみ深く　親しい友だ。雑草を入れる丸籠
ツァペッタという短い柄の小鍬（テッスィーン[2]のある賢い老人の忠告に従って
柄が鉄に触れる部分に私は細い革のベルトを巻きつけた。
それを私は　柄が割れないように　いつでも使えるように
乾燥しないところにしまっておく。なにしろいつも使うものだから）。
ここには今　熊手と　鍬と　鋤がある。
日なた水の入った二つの如雨露《じょうろ》もある。
籠と手鍬を手にとって　私は太陽に向かって朝の道を歩いて行く。
すでに盛りを過ぎて元気のないバラのそばを
階段のそばの私の花の森を通りすぎる。

そこでは　花崗岩の柱を這いのぼるツルバラのまわりに
さまざまな草花やハーブ類がもつれあって生えている。
たくさんのグラジオラス　ケマンソウ　ナタリーナ(3)の贈り物の
シロモッコウや　アラビスや　ヒマワリなどが。この花たちは
風の脅威にさらされ　雷雨が来るたびに　フェーンの吹くたびに
私は心配で震えねばならないが　それでもやはりその場所に花を植えた。
花は好ましく　ここに来ればいつでも彼らに会えるからだ。
去年までここに　緑の植物の中のよそ者の
巨大なサボテンが階段のそばに生えていた。それは
十歳の子どもの背丈ほどもあった。何年ものあいだ
よく耐え　たくましく育ち　針で武装した手で
あらゆる隣人を遠ざけていた。ただその足元に　どこから来たのか
ひとむらの茶色い小びとのようなクローバーがすみついた。
サボテンはこれを許し　彼が仲間となることに
満足しているように見えた。ところが去年　雪の多い冬に
雪の重みが幾つもの肉厚の枝を折り　しだいに

その傷口から　腐敗が内部をむしばんでいった。
今では　その悲しい空所は小さな雑草でおおわれている。
かつてあのよそ者が生えていたその場所に　ためしにオダマキを植えてみた。
その場所が　彼女には日当たりが良すぎなければよいがと
願っている。彼女の故郷は森の中だから。
うなずいて私は通り過ぎる。が　二、三歩行くと私は
家の前の砂利の広場で身をかがめなくてはならない。
砂利のなかに緑の若い雑草がいくつか生え　早々と散ったイチジクと
クワの葉が黄色くなって落ちている。私はそれらを取り除く。
庭はできるだけきれいにしておくべし　という考えからだ。
砂利の広場　バラの花壇　ツゲの木までは家の延長であり
家の周りはさらに二倍きれいにしなければならない。
ツゲの木のところからはじめて本当の庭がはじまるのだ。

ブドウの木のあいだを抜けて草の斜面を下り　麦藁帽子を目深にかぶって
斜面から斜面へと　美しく舗装された石の階段を降りて行く。

「カーサ・ロッサ」（赤い家）の玄関先にて、ヘルマン・ヘッセ、1952年（75歳）

すでに家は見えなくなり　刈りこまれたツゲの木が
燃えるような空に屹立しているのを私は見る。庭が私を迎えてくれる。
ブドウの木の生えた急斜面が私を迎えてくれる。するともう心は
家から　朝食から　書物から　郵便から　そして新聞から離れてしまう。
なお一瞬　かなたの青空が　眼をやさしくいざなう。
山なみの眺めへ　光り輝く湖の眺めへ。
朝　山々は何とも繊細な色調を帯びて逆光の中にそびえ
それから太陽が空の頂に近づくにつれて
いっそう硬度と　重量感と　実在感を増し　夕方になると
暖かく日に照らされてふところを開いて見せ　人目をあざむく近さで
多彩に岩を森を　村々を　黄金の光の中に浮き立たせる。
今は朝　ただ尾根と山頂の大まかな輪郭が見えるだけ
手前の稜線は青灰色で　後方の山頂ほど晴れやかで
明るさと　淡さを増し　銀色になる。しかしまもなく
眼をこのすばらしい展望から東方に転じて
私は庭の主人兼番人として　地上の日々の仕事をはじめる。

ここで眼は　段々畑の若いイチゴのつる草をうかがい
そのあいだのあちこちに　花の咲きかけの雑草を見つけ出す。
この雑草は　花が咲き　まわりに無数の種をまき散らす前に
すぐに取り去るのが最もよい。
急な斜面にジグザグに刻み込まれた狭い歩道も
ときどき観察する必要がある。心配や喜びの種なのだ。
最近の土砂降りの雨に持ちこたえただろうか
雨水を両わきの溝を通して草の中へうまく排出しただろうか
それとも——それを私はしばしば体験したのだが——
この危険にさらされた斜面を土砂降りの雨に驚いて放棄し
石ころや砂が草の中にたまり　そのために
小道に深い裂け目ができて　ギザギザの溝が口を開けただろうか。
この狭い横の畑には　ブドウの木のほかはほとんど何も植えられていない。
険しすぎる上に　水場から遠く離れすぎている。
あるいはブドウの木の陰になりすぎる。それでも人は
この気難しい土地から　なおささやかなものを採り入れようとする。

たとえば丈の低い豆　イチゴ　キャベツ　エンドウなどだ。
ここの最もよい　最も幅広い段丘には　ナタリーナの菜園もある。
長年私に忠実であった　大功労者のナタリーナが
年金生活に入り　台所の管理をしなくなってからつくっている菜園だ。
彼女はその菜園を誠実に世話し　地面のこやしにするために
ウサギ小屋の堆肥と灰を　ブリキ缶に入れて運んでくる。
ところで　道がいくつかの菜園に近づくところにはどこでも
毎年　そのへりに数種類の花が咲いている。私たちは毎日
その急斜面の道を　頻繁に通り　インゲンマメとか
エンドウとか　キャベツなどが　もう茶色に干からびても
この道端の　いくつかの草花にあいかわらず水をやるからだ。
赤紫のヒャクニチソウ　キンギョソウ　キンレンカなどに。
乾き切った斜面を晴れやかにしているそれらの新鮮な花のそばを通りすぎて
私は一番下の家畜小屋まで降りて行く。それはもう家畜小屋ではないが
はるか昔に家畜小屋だったので　いまでもそう呼ばれている。
めったに開かれたことのないその中には　箱や瓶やたくさんのがらくたが隠され

その上の風通しのよい屋根裏の物置には
暖炉のための薪や　庭で使う杭や支柱のためのする木材が置いてある。
その隣の物置には　ロレンツォ(4)のさまざまな道具がしまってある。
彼はブドウの木の世話をする。春にはそれを剪定し　支柱に結びつける。
夏には殺虫剤を噴霧し　菌類を殺す硫黄剤を撒き　晩秋と冬には
ブドウ栽培に必要な牛糞を畑に埋め込むのだ。この家畜小屋は
庭の中心で集合地点だ。ここに一区画の平坦な土地が広がっている。
平坦な土地　これはこんな急斜面のゲレンデでは稀な財産だ。
急斜面では　どの木もどのブドウもひどく人工的に狡猾に
段丘の斜面に媚びへつらってかろうじて場所を獲得している。ところがここは
たしかに細長いベルトのようだが　それでも私たちにとっては
好ましい一区画の平らな土地だ。ここで私たちは野菜をつくる。
ここで私たちは　夫も妻も　一日のひとときを　家から離れて
緑の中に埋もれてすごすのだ。私たちはこの菜園を非常に愛している。
ここには　よその人（ここは誰にでも見せるわけではない）には分からない
価値と長所が本当にたくさん集積していて

それをよく知る私たちは　感謝の念をもって評価しているからだ。

華麗さと重要さの点では　なるほどこの家畜小屋のそばの畑は
あの一番上の畑には匹敵できない。そこは家があり　見晴らしがすばらしく
湖のある谷のはるかかなたまでと　北方に高い連山を見晴らし
バラが生え　ツゲが畑のまわりを縁どり　客人たちは
この家の位置を称賛し　この山頂はそしてあの山頂は
何と呼ばれているかを知りたがる……ここ家畜小屋のそばは　そうではない。
ここでは　友よ　きみは湖の谷と遠方を見晴らして　高く漂うことはない。
「ポルレッツァあたりまで」は見渡せず　客人の感嘆の言葉を聞くこともない。
ここは御殿のかわりに家畜小屋が建っているひなびた土地だ。
小屋の東側の壁は　バラとブドウに覆われ
十月には熟する味のよいナシの木もそれを覆っている。
ナシの木の根もとには　いくつかの草花も散らばって笑っている。
ここではよく　エメラルドトカゲが日なたぼっこをし　その青い
クジャクのような首を日なたで　官能的にふくらましている。その隣の

葡萄畑で、1935年（58歳）

小屋の南壁に寄り添って　去年の古い堆肥の山がある。
黒い　サラサラした土の山　宝物だ。それを飾るために
私は毎年その上に　二、三本ヒマワリを植える。それらは
風にたわむ茎の上で　重そうに頭をたれている。ヒマワリは
この滋養のある土に養われ　腐敗してふたたび大地を養う。
秋になると小鳥たちに種をとられ　嵐が来るたびに折り曲げられて
かつては盛んで貪欲だったヒマワリが　疲れ果てて
待ち受けている大地と　新たな循環に身をゆだねる。
わずか一年以内に　それどころか数カ月以内に
芽を出してから死ぬまでの生涯の
全段階を通過する運命をもつ植物や草花は　不思議なものだ！
春　私たちはそれらを　子どもを観察するように観察し
そのあわただしい成長を　感動的で　愉快で
無邪気であると同時に少し愚かな花の顔を　楽しんで眺める。——そして突然
晩夏のある日　まだ今まで子どものように思われたその花が
謎にみちて　それまでとは違った花に見える。

秘密をはらんで　ひどく年老いて　疲れた姿になる。それでもなお
花たちはすばらしく円熟し　悠然と　盛衰を警告する見本のように微笑む。
こうしてここに　ヒマワリの黄金色の顔が輝いている。さらにまた
庭の中の道の向こうにも　偶然種が落ちたままに
背丈の低いヒマワリがまだいくつも　野菜のあいだからそびえている。
すべて残すわけにはいかなかったが　よろこんで肥料を与え　大切にしている。
けれども　とにかくまず私たちがここにもつ宝をよく見たまえ。
家畜小屋のわきの　石を敷いたきれいな道のかたわらに
木製のふたの下に　広くて深い水槽が口を開けていて
隣の泉から　水が流れ込んでいる。
この泉は森の近くにあって　放牧地にも水を与え
クルミの木の根元も潤している。モンタニョーラの人びとは
この泉が　夏に冷たく　冬には温かい特殊な性質をもち
植物や人間にとっての　健康飲料だと言っている。
水道管で泉に連結されているこの水槽は　もっと遠いところにある第二の
水槽とともに　私たちがはじめて造らせたものである。

それ以前には　この泉は　草の生えた斜面で
ほとんど無駄に流失していた。私たちは今　暑熱の要求に応じて
如雨露《じょうろ》に百杯　いやそれ以上　おだやかに温まったたまり水を汲んで
のどを乾かしている植物たちに　たっぷりと与えることができる。
ここの平坦な野菜畑も　両側をブドウの木に囲まれているが
東南面で日蔭をつくりすぎているブドウの一列を
徐々に消滅させようと　私は計画している。
ブドウの木とモモの木の影になって　陽気に列をつくって
野菜の畝が並んでいる。その野菜のうちのほとんどは
妻が種を蒔き　世話をしている。しかしときどき
私はここでも少し監督をする。なぜなら　ここの仕事は大変で
主婦というものは　庭のほかにも　たくさんの義務があるからだ。
台所が　洗濯が　彼女をわずらわせる。訪問客が来る。
招かれた客人が来る。これはしばしば骨の折れる日々の仕事だ。
私の視線は　野菜の畝のりっぱな列を探りつつさまよう。
どの畝の野菜もじつによくできている。生まれつきの農婦や庭師の妻でさえ

これよりも上手につくることはむずかしかろう。何とニンジンが
みずみずしく　整然と生えていることか！　あまり好きな食べものではないが
菜園にこれがなくては何としても淋しい。その葉の豊かな束は
とてもやわらかく風にそよぎ　とてもコクのある香りを放つ。
そしてその葉の上で生活し　養分をとって成長する緑色の幼虫が
高貴な蝶キアゲハだ。この蝶の飛翔はこの斜面で私たちをしばしば魅了する。
それにニンジンの葉の香りは　私に幼年時代を思い出させる。
幾夏も　力強い歯で赤いニンジンをカリカリとかじりながら
その葉で私の幼虫を飼育したあの幼年時代を。
はるかな少年の日よ！　お前もまた庭園のよろこびから
人生の秋に達した私の方へとあこがれにみちて吹き寄せてきて
しばしば私の老いてゆく心を　思い出とともに　苦くそして甘美に揺り動かす。
そこかしこに私は肥えた草を　密生したニンジンの陰で
ひそかに太って丈高く育った草を見つけ出し
ニンジンの葉のあいだを探りつつ手を伸ばし　その寄生植物の根をつかみ
それを引き抜いて　容赦なく籠の中へ投げ込む。

ここはパセリの畑だ。この土地ではプレッツェモーロと呼ばれている。
冬になって　ここの緑の菜園がすべて死んで消えうせ
十二月の雪に冷たく覆われ　植物が奪い去られても
これだけは　忠実なプレッツェモーロだけは緑色に生えている。
ロレンツォが棒を立て　柴とアスパラガスの枯れ葉で
葺いた屋根が　それをまもっている。
今年になってはじめて　何度も検討と配慮を重ねたすえに
私たちはこの野菜畑を二つの場所で拡張した。
私たちは牧草地から数歩の幅の土地を削りとり
ロレンツォがそれを鋤で掘り起こして　何日もかけて
ふるいにかけて石のまじった土を投げ捨て
そして堆肥を埋め込んだ。まだ冬の半ばのことであった。
この新しい領地のひとつを——そこにはトマトが生えている——
今私は　仕事の必要から訪れる。私はその仕事を早く済ましたい
イチジクの木陰が　昇ってくる太陽に道をゆずる前に。
真っすぐな五つの列になって　私のトマトが（私の　と言うのは

ほかの野菜は私の妻に管理されて育っているが
トマトを植えて世話しているのは　私だからだ）
ほとんどもういっぱいの高さに伸びて　みずみずしく
元気あふれる葉をつけて生えている。その秘密をこっそり教えよう。
一本一本の根のまわりに　湿ったやわらかな腐植土を入れたのだ。
それに私は一グラーン[5]の人工肥料を混ぜ合わせた。試してみたまえ！
それは霊験あらたかである。さて、私のトマトはみずみずしい葉を付け
節くれだった茎から四方八方に奔放に葉を伸ばして　それらの葉陰には
そこかしこに　みどりの暗がりの中にみどりの若い実がふくらんで
二つ三つと　かたまって隠れている。まもなく葉のあいだで
それらは真っ赤に輝くだろう　夏の最高の贈り物だ。
しかし今日は　私の眼はその実には向けられず
とくにこの植物を支えている支柱に注がれる。
それらはすべて近くの森から取ってきたものだ。たいていは
クリの木の細い枝だが　ニセアカシアもあり　トネリコの細い幹も
いくらか混じっている。人の背丈ほどのもので　それ以上のものも数本ある。

多くの支柱の丈は　すでにトマトに追いつかれている。人間の場合と同じように
植物の中にも　つねにいくつか特にたくましいのがあり
貪欲に成長し　ごうまんで　隣人に対して思いやりのないのがあるものだ。
それらはその大きさとたくましさのために賛嘆されたり
何をもっても鎮めることのできない野心のために冷笑されたりする。
念入りに私はそれぞれの支柱が　しっかり真っすぐ立っているかどうか調べる。
それからナイフを手に持って　ひと株ごとにトマトを点検する。
伸び放題のものは切り取らなくてはならないからだ。どの株にも
二つか三つの枝しか残さず　ほかは切り取る。そして葉の付け根から
むやみに伸びている無数のわき芽のうちほんのわずかだけ残しておく。
この豊満な植物は　本能的に精力を浪費する傾向があるからだ。
それから私はポケットからひもを出して　上の方の枝を
そっと支柱に結びつける。この植物はそれ自体不安定だからだ。
それに　あまりにも早く成長するため　五日目ごとに結びなおす必要がある。
いつも私はポケットいっぱいのひもをもってゆく。
ほかの人たちは　靭皮《じんぴ》を使う。それは見た目にも美しい。

トマトを収穫するヘルマン・ヘッセ、1935年（58歳）

しかし私は一度もひもに事欠いたことはない。出版社が
毎日　私の家に荷物を送ってくる。そのひもを私は集めておく。
こうして　畝から畝へとトマトを訪ねてゆくうちに
午前の時間は過ぎて　日蔭は消え失せて
地面からはむせかえるように湿気が蒸発し　かたわらの籠の中の
切り取ったばかりで早くも萎えた草の葉が　つんと匂う。
そして太陽は　耐え難く　刺すように照りはじめる。
私は　仕事が完全に終わらぬうちに　灼熱の場所から離れて
ひたすら木蔭をさがし求める。木蔭は　家畜小屋の近くの
クワの木の下に見つける。ここに　もう長いこと積みかさなって
腐敗した植物　大地に還元しつつある雑草の山の上へ
私は籠の中身をふるいあける。
クワの木の下のこの場所はいつも　しっかりした大きな葉の茂みで
影になり　よく守られ　隠されている。
一本の小さなモモの木もそこにある。それは私が自分で植えて
杭に結びつけた。そしてその枝に私はたくさんの果実を期待している。

その下手に　シロサンザシの生け垣が　この土地の境界線となっている。
その少し下にあぜ道があり　ほとんど人通りはないが　私がよく
ここの草の中にかがんだり佇んだりしていると　時折下を人びとが通る。
人びとは　自分たちだけで　誰も見ている人はいないと思う。
私は誰からも見えないだろうから。たとえば幾夜も嵐が吹き荒れた後の
朝早く　森へ薪を拾いに行くふたりの女たちが内緒の話をする。
彼女らは　重い農作業用の靴をはき
背負い籠を背負ってゆっくり通り過ぎ　時折立ち止まって
おしゃべりをし　笑い　愚痴を言い　あれやこれや話し合う。
多くのことを私は正確に聞きとる。会話はしだいに
林の中へ消えてゆき　やがてポキポキと枝を折る
乾いた音だけが聞こえてくる。ときどき鈍い音を聞くこともある。
それを私は人に話しはしないが　ひとりの農婦が
陰険にも斧をもち　生木に斧を打ち込む音だ。
人目につかぬ朝のひとときを利用して　禁じられているにもかかわらず
あれこれの大枝を　おそらくは細い若い幹も切っているのだ。

薪のたくわえを増やすために……緑の隠れ家よ
まわりで夏の暑さが荒れ狂い　森の小鳥たちも沈黙しているとき
あるいは不満や苦しみが　仕事の失敗が
悪意ある人の敵意のこもった手紙が　落胆が　私を部屋から追い出すとき
多くの時間を過ごしたおまえ　緑の隠れ家よ　木立の陰の雑草の山よ
優しい避難所よ　おまえを私は褒めたたえる。
おお　いつもおまえは変わりなく明るく親切に私を迎えてくれた。
時折　せいぜい森からキツツキの音が聞こえてくるだけの
神々しい完全な静けさの中に　私を何時間も留まらせてくれた。
多くの夢と着想と　さまざまな瞑想の幸せを　私はおまえに感謝する。
ここで半ば無為に過ごし　半ば勤勉に働いているとき　しばしば
音もなく　庭とブドウ畑のジャングルの中をライオンがやって来る。
わが家の牡猫[6]　私の友　私の弟だ。甘えた声で彼はニャーと鳴き
下げた頭を私にこすりつけ　懇願するように見上げ
手足の筋肉をゆるめて地面にころがり
いつも雪白の毛をまとっている腹と喉とを私に見せ　遊ぼうと私を誘う。

猫のティーガー（虎）と、1935年（58歳）

しばしば彼は正確にねらい定めて　すばやく私の肩に跳び上がり
体をすり寄せおだやかに喉を鳴らしながら　自分が満足するまで留まっている。
あるときはそっとそばを通り過ぎながら　短く挨拶しただけで
シャム猫の息子　私たちの　獅子《レーヴェ》　は優雅な足取りで
物思いに沈みながら　何か予定のある森の中に姿を消す。
彼には　かつては果てしなく愛し合った弟がいる
喉と腹のところが黄褐色で　虎《ティーガー》　と呼ばれている
かつては情愛にあふれ　離れがたかった兄弟
昔は　ひとつの食器とひとつの寝床を分け合ったものたちは
子ども時代が去って　牡の情熱と牡の嫉妬が彼らを引き離して以来
今では苦い敵意を抱きつつ　暮らしている。

今も私はここへ逃れて来る　うなじは太陽でほてり
背中は疲れ　眼は力を失っている　昼になるまでここにいて
遊び半分に　楽な仕事をしながら元気を取り戻そうと思う。
まず私は納屋から小さく手ごろな丸い篩《ふるい》をもってくる。

マッチとひとつかみの紙ももってくる。私がこの場所にとどまって
焚き火をしないことは稀だからだ。
この焚き火への愛好は　おそらく　少年のころの火遊びの欲求から
アベルあるいはアブラハムの生け贄までさかのぼって
多様な由来とルーツをもつにちがいない。どんな習慣も　それが美徳であれ
悪徳であれ　もちろん深く太古の世界にまで根源をもつ一方
各個人にとっても　それぞれ独自の意味をもつからだ。
たとえば私にとって焚き火は　（それがもつ多くの意味のほかに）
神への奉仕における錬金術的象徴的儀式のひとつを意味し
多様なものが唯一のものへ帰ることを意味する。そして私はそのとき祭司であり
しもべであり　儀式をとり行うと同時に私の中でも儀式がとり行われる
木や草を灰に変え　死者がより早く自己離脱し
贖罪するのを助け　その際にたびたび　私自身
瞑想しつつ　同じような贖いの歩みを　多様性から一元性へと戻る道を
神を考えることに没頭しつつたどるのだ。
このように　かつて錬金術は　火の上で金属を浄化すると同時に

神への供儀《くぎ》の儀式であった。その金属を熱したり冷却させて
化学物質を添加し　新月と満月を待ち
それを　この上もなく高貴な品質へ
賢者の宝石へと精錬する神による変化が遂行されているあいだに
敬虔な錬金術師は　おのれの心の中で同じことを行った。
自らを昇華させ　自らを浄化し　自らの内部で
化学的変化の過程を　瞑想しつつ　目覚めつつ　断食しつつ
この行為の終わりに　何日も後に　何週も後に
坩堝《るつぼ》の中の金属のように彼の魂も解毒され
肉欲は取り除かれ　神秘的合一の準備がととのうのだ。
おお　友よ　私には今きみたちが笑っているのが見える。笑いたければ笑うがいい。
私が地面にしゃがみ　火をおこすことが　この火遊びと炭焼きと
孤独な夢想と沈思への子どもらしいよろこびとが
このような比喩で美化され　それどころか誇示されることを。親愛なる友よ
しかしきみたちは知っているはずだ。それがどういう意味をもつかを。
そして私が私の一切の詩作行為を　美化ではなく

ただ告白と考えていることを。それゆえにきみたちは
私の夢想を黙認してくれるだろう……　こうして私は木蔭に
雑草の山と生垣のあいだにしゃがみこみ　マッチをすり
紙を燃え上がらせ　枯れ草と枯れ葉を少しその上に軽く載せ
それからもっとたくさん　はじめは乾いたものを　最後には緑のものもおく。
もっと遅い季節の秋ならば　私はむきだしの炎の上がる焚き火を好む
けれど今は　暑さと薪の不足のためもあって
(薪はこれから先　秋の彼岸どきの嵐が供給してくれる)
上部を覆われて　内部で静かに燃えている焚き火を
半日あるいは一日中穏やかに燃え続け　静かに
くすぶり続ける炭焼き窯を管理するよう努めている。そのためわが細君は
しばしば私を「炭焼き」とも呼ぶ。煙の匂いのためとおそらくは
焚き火信仰への私の好みのためである。彼女自身はそれを信じない。
けれど彼女はそれを私のために　単なる忍耐以上のものをもって許容している。
そのかわりに私は彼女に煙の生け贄を捧げて彼女のことを考えようと思う。
彼女は今日は家の外に　谷間に　町に　ルガーノに行っている。

さらにひとつの炭焼きの信仰を　多くの炭焼きの信仰のひとつを私は告白する。
私が土を焼くことを高く評価していることを。今日では人びとはもう
そのようなことはしないように思われる。化学は　土地を改良し　浄化し
肥やし　酸を中和するために　別の方法を見つけた。
それに今の時代には　すわって焚き火をして土を焼く時間など
もう誰ももってはいない――誰が日当を払うだろう?
けれど私は詩人であり　さまざまなものを切りつめ　多分多くの犠牲をはらって
その支払いをする。そのかわり神は私に許している。
ただ今の世に生きることだけでなく　しばしば時代から遠ざかり
万有の中で時間を超越して呼吸することを。昔はそのようなことは
大いに重んじられ　忘我とか　神がかりの狂気とか呼ばれた。
今日ではもうそれは　価値がない。時間がとても貴重なものと考えられ
それどころか　時間の軽視は悪徳のひとつとみなされるからだ。
ここで私の言うこの状態は　専門家のあいだでは「内向性」と呼ばれていて
自分の生活の義務から逃避し　自分の夢に陶酔し　遊んで時を浪費する
どんな大人にもまじめに相手にされない意志薄弱者の行為とされている。

さて　このように人間と時代によって事物の価値は変動する。
だから各人は　自分のもちものに満足すべきである。
しかし土のことに戻ろう！　私のとても好きなことであるが
今日ではもうはやらない　焚き火と炭焼きのことを私は話した。
昔は　焼くことによって土を有益に更新し
肥沃にするという信仰が支配していた。たとえば私が高く評価している詩人
シュティフターの場合も　庭師が「焼くことによって」
さまざまな土を改良している。私もそれを試みているのだ。
私が燃やした塵芥や　緑の植物や　木の根をすべて
土と混ぜ合わせると　あるいは濃い　あるいは淡い
あるいは赤い　あるいは灰色の灰ができる。それは
極上の穀粒か粉末のように細かくなって　焚き火をした地面に堆積する。
それらはそれから　念入りに篩にかけられて　私にとっての賢者の石となる。
それは　焚き火に費やした数時間の収穫であり　美味な果実である。
私はそれを小さな湯沸かし鍋に入れて庭に運び　慎重に配分する。

特に好んでいる草花だけに　たとえば細君の小さな庭へ
この瞑想の火と生け贄の醇化された収穫の分け前を
分け与える価値があると私は思う。今日もまた
中国人のようにうずくまって　麦藁帽子を目深にかぶり
くすぶる火を　念入りに乾いた草と湿った草で交互に覆う。
私がここの大きな山に集めたものがすべて
もう一度私の手を通ってゆく。そこには
いろいろな種類の野菜や雑草や花壇の寄生植物が積まれている。
伸び過ぎて硬くなったレタスやキュウリの蔓や葉　そのあいだには
よく小さなカードをはさんだ棒きれもまじっている。
それは苗床に希望をもって種が蒔かれたしるしだが
とうに要らなくなり、時期おくれになった。古代人や
聖書の知恵が今日時代遅れになり　多くの者に
足で踏みつけられ　この塵芥の山のように軽蔑されているのと同じように。
けれど　瞑想者　無為に日々をすごす者　そして夢想家
感じやすい者にとって　それらは貴重なもの　それどころか

グンター・ベーマーによるスケッチ

人間の心を　情熱と衝動の思慮深い支配者となるように落ちつかせ
観照と思考へ向かわせるすべてのものと同様に神聖なものだ。
けれど　他者を改善し　世界を教育し　歴史を理念によって形成しようとする
あの情熱　あの激しい欲求をも　人は鎮めなければならない。なぜなら
残念ながら世界はやはり　そういう高貴な精神をもった人の衝動でさえ
ほかのあらゆる衝動と同様に　最後には流血や　暴力行為や
戦争へと導くようにつくられているからだ。
そして賢明であることは　あくまでも賢明な人たちの錬金術であり遊戯である。
それに対して世界は　より粗野でより激しい衝動に支配されるのだ。
だから私たちは欲をかくのはやめよう。そして　窮迫した時代にも
できるだけ世界の成り行きに　あの魂の平安をもって臨もう。
古代の人たちが称揚し得ようとつとめた魂の平安を。そして私たちは善をなそう。
すぐさま世界を変革しようなどと考えずに。これもまた行う価値のあることだ。
あたりには暑い真昼が沈黙し　のしかかっている。空中にも
遠く深い谷間の道をころがる車輪の音と

ときどき焚き火の炎が　木の根を乾かし　貪欲に焼きつくすときの
パチパチいう音のほか　物音ひとつしない。
私は地面にひざをついて休息するが　決して何もしないわけではなく
美しく丸みを帯びた篩に　以前の焚き火でできた灰を
静かに両手で満たす。そしてその中に土を混ぜる
古く　湿って暖かい　堆肥の山の底の発酵と腐敗がおだやかに行き渡った土を。
そして　さらさらした灰と土の混合物を　篩の下で
この上もなく細かい粉末のような土の小さな円錐形の山が大きくなるまで
静かに篩にかける。そして無意識のうちに　私は
このように篩を揺するときに　決まった　同じリズムでタクトをとっている。
このタクトからまたしても　決して眠りこんでしまうことのない記憶が
ひとつの曲を呼びさます。私はその曲を　名も作者も知らぬまま
拍子に合わせて口ずさむ。そして突然　それがモーツァルトの曲であるのを知る。
オーボエ・カルテットだ……　そのとき私の心に
私が何年も前から専心している思考の遊戯が始まる。
それは　ガラス玉遊戯(7)と名づけた　ひとつのすばらしい想像の産物で

その骨組みは音楽で　その基底は瞑想である。
ヨーゼフ・クネヒトが名人で　私はその人のお陰で
この美しい空想をめぐる着想を得た。よろこびのときには　それは私にとって
遊戯であり幸福であり　悩みと困惑のときには慰めであり瞑想である。
そしてここで焚き火をし　篩を使いながら　私は　とうにもう
クネヒトのようにはできないけれど　このガラス玉遊戯をしばしば楽しむ。
土の円錐が塔のようにそびえ　土の粉末が篩から流れ落ちているあいだ
その合間に　必要に応じて　機械的に右手がくすぶっている炭焼き竈に
奉仕したり　新たに篩に土を満たしたりしているあいだに
家畜小屋から大きなヒマワリが私を眺め
ブドウの木の茂みの向こうに　はるかな空が真昼の青色に香っているあいだに
私は音楽を聴き　過去と未来の人間を見
賢人　詩人　研究者　芸術家が心を合わせて
何百もの入り口をもつ精神の大伽藍を建設するのを見る。——私はそれを
いつか将来記述するつもりだ。その日はまだ来ていない。
けれど　その日が早く来ようと遅く来ようと　あるいは決して来なくとも

私が慰めを必要とするたびごとに　このヨーゼフ・クネヒトの
友情にみちた意義深い遊戯は　いつもこの老いた東洋旅行者《モルゲンラントファーラー》(8)を
時間と年を離れて　すばらしい兄弟たちのところへ連れて行ってくれるだろう。
その美しい合唱に私の声も加えてくれる兄弟たちのところへ。

耳を澄まして聞け　一時間が　ささやかな永遠が
私をやさしく揺すったのち　ひとつの新鮮な声が私を目覚めさせる。
町から　買い物から帰った細君が　家の中から私を呼んでいる。
そこで私は呼び返す　そして立ち上がり　最後の生《なま》の枝葉を
両手に一杯　私の錬金術の火の上に載せ
篩を納屋へもって行き　まぶしい日光の中を
私たちのジグザグ道を　砂利の広場へ　家へと登って行く。
細君に挨拶し　彼女の特に好む花のために
ケシと矮性ヒエンソウのために　最も色の濃い灰土をたっぷりと
肥料として贈ると約束するために登って行く。
そして今　突然暑さと疲労を感じつつ　階段を上りきって

家の涼しい影の中に歩み入って私はよろこぶ。
手を洗う。するとすでに私の妻は　私をテーブルに招き
スープをすくい　町の話をし　今度町へ行くときには
あなたもいっしょに行きましょう　ちょうどよい頃です
髪の毛がまたうなじまで長く伸びました　カットしてもらいましょう
あなただって森の神ではなく　人間ですもの　と言う。
それから　抵抗する私にはほとんど目もくれず　庭のことを尋ねる。
そしてすぐに　私たちは活発な議論に熱中する。
今日の夕方には　庭全体か大部分かに　どうしても水をやる必要があるか
（これは何時間もかかる大仕事で　なみ大抵のことではない）
最後に降った雨で　まだ少しは湿り気が残っているか
という問題で。そして結局湿り気が少し残っている方に意見が一致して
泉水のある上手のテラスで採れたすばらしい味の赤と黄色のキイチゴを添えた
私たちの食事を　満ち足りた気持ちで食べ終わる。

庭からルガーノ湖を眺めるヘッセ

(1)『庭でのひととき』＝一九三五年七月に、姉アデーレの誕生日の贈り物として創られた叙事詩。四日間で完成したという。ホメーロス、ウェルギリウス（一四五頁の注参照）が得意としたヘクサーメター（ヘクサメトロス、長短短六歩格）という詩形で書かれている。つまり、一行に長短短格（強弱弱格）、または長短格（強弱格）が六つ続く詩形である。たとえばこの詩の第一行は、次の通りである。

Morgen so gegen die sieben verlaß ich
— ◡ ◡ —◡ ◡ —◡ ◡— ◡
モルゲン ゾー **ゲー**ゲン ディー **ズィー**ベン フェル**ラス** イヒ
die Stube und trete
◡ —◡ ◡ —◡
ディー **シュトゥー**ベ ウント **トレー**テ

なお詳しくは、「編者あとがき」三五七頁以下参照。

(2)テッスィーン＝スイス最南端の州。ティツィーノ（イタリア語圏）。

(3)ナタリーナ＝農夫ロレンツォ（注4）の妻。ヘッセ家の家政婦をつとめた。

(4)ロレンツォ＝ヘッセがブドウ畑の管理を依頼した土地の農夫。

(5)グラーン＝薬剤用の重量単位。一グラーンは約六五ミリグラム。

(6)わが家の牡猫＝ヘッセは、レーヴェ（ライオン）とティーガー（虎）という名前の牡猫を飼っていた。二二一頁、二二六頁参照。

(7)ガラス玉遊戯＝ヘッセは第二次大戦中、長編小説『ガラス玉遊戯』(一九四三)を発表した。これは西暦二二〇〇年の時代を想定して書かれており、舞台はカスターリエンという学者国家である。この国の高度の精神的遊戯がガラス玉遊戯で、音楽と数学にもとづく特殊な符号と式を用いてあらゆる学問・芸術の内容を表現したり理解したりするものである。その三代目の名人ヨーゼフ・クネヒトが主人公。

(8)東洋旅行者《モルゲンラントファーラー》＝『ガラス玉遊戯』の前の作品に『東洋への旅』(一九三二)がある。この東洋《モルゲンラント》は現実の「東洋」ではなく、魂のふるさとであり、どこにでもあって、どこにもない、すべての時代が一つになるところである。東洋への旅行者は、過去の高い精神をになう人たちと、ヘッセをはじめとする現代の孤独な芸術家からなる同盟で、個人的な生活と行為を超個人的な全体、共同体に組み入れることを目指す。『ガラス玉遊戯』は、東洋への旅人たちに捧げられた作品でもある。

バラの花壇の草とり、1952年（75歳）

桃の木

昨夜、フェーンが激しく容赦なく、がまん強い土地の上を、空っぽの畑と庭の上を、葉の落ちた葡萄の畑と裸の森を吹き抜け、枝という枝、幹という幹を引っ張り、どの障害物の前でもヒュウヒュウとうなりをあげ、イチジクの木の中でガタガタと骨張った音を立て、枯葉を雲のように旋回させながら空高く吹き飛ばした。朝になってみると、枯葉はいたるところ風よけとなった片隅や壁の張り出しのかげにきれいに吹き寄せられて、うずたかく積もっていた。

庭へ行ってみると、不幸な出来事が起こっていた。私の桃の木の中で一番大きなのが、地面に倒れていた。地面の近くで折れて、葡萄畑の急斜面に墜落していたのだ。桃の木は、たしかにあまり寿命が長くないし、巨木にも偉大な木にも属さない。ひ弱で、抵抗力がなく、傷害に極度に敏感で、たっぷり樹脂を含むその汁は、極端な品種改良のために生命力が弱くなった古い貴族の血のような性質をもっている。倒れてしまった木が、特に高貴で美しい木というわけではないけれど、それはやはり私の桃の木の中で最も大きく、古くからの知己であり、友であって、すでに私よりも長くこの

(1)ヤマキチョウ＝山黄蝶。学名*Gonepteryx rhamni*, 独名Zitronenfalter（レモン蝶）。羽の色はオスが鮮やかな黄色、メスが青白いようなクリーム色で、それぞれの羽の中央部にオレンジ色の斑点がある。羽の先端は擬宝珠の先のようにとがっている。夏期に羽化した蝶は、成虫で越冬して、春からふたたび活動をはじめ、交尾、産卵して一生を終える。我が国では中部地方の山地と、東北地方のごく一部に生息する。ヨーロッパ産（開張五三ミリ内外）のものは我が国のよりも小型である。

満開の花

桃の木が満開だ
どの花も実になるわけではない
青空と流れる雲の下で
花たちはやわらかにバラ色の泡と輝く。

桃の花のように想念がわいてくる
日ごとに幾百となく
咲くままにせよ　開くままにせよ
実りを問うな！

遊びも　童心も　過剰な花も
みんななくてはならぬものだ
さもないとこの世は小さすぎ
人生になんの楽しみもないだろう。

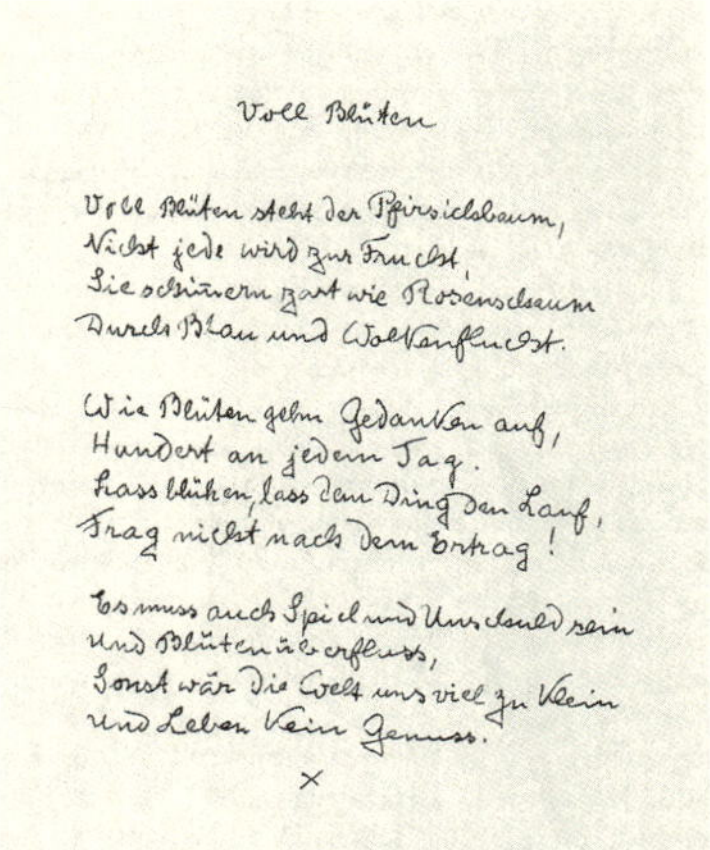

Voll Blüten

Voll Blüten steht der Pfirsichbaum,
Nicht jede wird zur Frucht,
Sie schimmern zart wie Rosenschaum
Durch Blau und Wolkenflucht.

Wie Blüten gehn Gedanken auf,
Hundert an jedem Tag.
Lass blühen, lass dem Ding den Lauf,
Frag nicht nach dem Ertrag!

Es muss auch Spiel und Unschuld sein
Und Blütenüberfluss,
Sonst wär die Welt uns viel zu klein
Und Leben kein Genuss.

×

「満開の花」の原稿

園丁は夢見る

夢の精は魔法の小箱に何をもっている？
なによりもまずひと山の最良の堆肥だ！
それから雑草の生えない道がひとつ
小鳥を食べない猫のひとつがい。

撒けばたちまちアリマキが
バラの花に変わる粉薬
ニセアカシアは椰子の木に変わって
その収穫でたっぷり儲かる粉薬。

おお　妖精よ　どこにでも水が流れるようにしてほしい
私たちが植えたり種を蒔いたりするところには
決して薹の立たないホウレンソウと
ひとりでに動く手押し車もほしい！

そしてもうひとつ　効き目の確かな猫いらず
雹のいたずらを防ぐ天気の魔法
馬小屋から家までのちいさなエレベーター
そして毎晩　健康な背中がほしい。

園丁ヘッセ、H.U. シュテーガーによる戯画

復元

この数日来私は午前中に郵便物を読んだあと、庭に出ていた。《庭》といったけれど、それは実はかなり勾配のきつい、そして相当野生化しつつある、いくつかの葡萄の段々畑のある牧草の生えた斜面である。そこの葡萄の木は、私たちの年とった日雇い労働者によってよく手入れされてはいるものの、そのほかのすべてのものは、もとの森に戻ろうとする傾向を強く示しているのである。二年前まだ牧草地であったところは、今牧草が薄くなり、はげてきて、そのかわりにイチリンソウや、アマドコロや、ツクバネソウや、コケモモなどが生え、あちこちにはもうキイチゴやエリカなどの小灌木も茂り、そのあいだにはいたるところに羊毛のような苔が繁茂しているのである。

牧草地を護るためには、この苔をまわりの野生植物もろとも羊たちにすっかり食べさせ、地面を羊たちの蹄で踏み固めさせなくてはならないのであるが、私たちは一頭も羊をもたず、たとえ牧草地が救われても、その肥料さえもっていないのだ。こうしてコケモモやその仲間たちのしぶとい網状の根は年ごとに深く牧草地へもぐりこみ、そのためにその土地がまた森の地面になろうとしているのである。

私はそのときの気分しだいで、この復元の様子を不機嫌に、あるいは機嫌よく眺める。時には私は死にかけている牧草地の一部に手を加えることもある。生い茂る野生の繁みに熊手と指で襲いかかる。草むらを圧迫している苔のしとねを容赦なく掻き出す。籠いっぱいになるほどのコケモモの蔓を根こそぎ引き抜く。が、こんなことをしてもその効果を信じているわけではない。というのは、私の庭仕事は何年もたつうちにすっかり実用的な意味をもたない隠者の戯れになってしまったからである。つまり、庭仕事は私だけのための個人的な健康法と気分転換としての意味しかもっていないのである。

眼や頭の痛みがひどくなると、私には機械的な活動の切り替え、心理的な気分転換が必要となる。長い年月の間に、この目的のために私が考案した庭師や炭焼きのまねごとは、この肉体的な気分転換と息抜きの役目を果たすだけでなく、瞑想や想像の糸を紡ぎ続けたり、気持ちを集中させたりするのにも役立つのである。――このようなわけで、私はときどき私の牧草地が森になるのを妨げようとする。

あるときには、私たちが二十年以上も前に屋敷の南の縁に積み上げたあの土塁の前にたたずむ。その土塁は、隣の森の進出を止めるための防御用の溝を掘ったときに掘り起こされた土と、無数の石でできていて、かつてラズベリーが植えられていた。その土塁は今では、苔や、森のさまざまな草や、羊歯やコケモモで覆われ、数本の堂々たる木が、中でも大きく枝葉を広げた一本の菩提樹が、徐々にふたたび押し寄せつつある森の前哨としてそこに立っている。私はこの特別な午前中の時間には苔や藪に対してまったく反感をもたず、野生植物の繁栄を驚嘆と喜びをもって眺めた。そして牧草地にはいたるところに、肉厚の葉をもった、まだ完全に開ききっていないのや、まだ閉じているのや、まだ白くない、フリージア色のやわらかな黄色の萼をもったスイセンが生えていた。

こうして私はゆっくりと庭を通って行き、若い、赤褐色の、朝の陽光が透けて見えるバラの葉と、ちょうど移植されたばかりのダーリアのまだ葉の出ていない芽、そのあいだに奔放な生命力をもってマルタゴン・リリーの肉づきのよい芽が伸び上がろうとしているのを眺めていると、この斜面のずっと下の方で、律義な葡萄作りの農夫ロレンツォがガラガラと如雨露《じょうろ》の音を立てているのが聞こえた。そこで、彼に話しかけていろいろな園芸上の方策を相談しようと思った。私は、いくつかの道具をもったまま、ゆっくりと段丘から段丘へと斜面を降りて行き、かつて何年も前に何百本かこの斜面全体にまんべんなく植えたムスカリが草の中に咲いているのを見て喜び、今年はどの苗床に百日草を植えるべきか思案し、美しいニオイアラセイトウが咲いているのを見て喜び、上の堆肥の山の、枝を編んで作った囲いにいくつかの穴やこわれかけたところがあるのを見て不快に思った。堆肥の山は、散った椿のきれいな赤い花ですっかり覆われていた。

私は完全に下まで、平坦な菜園まで降りて行って、ロレンツォに挨拶し、彼と彼の奥さんの健康状態を尋ね、天候について意見を交換してから、予定の会話をはじめた。どうやら少し雨が降りそうな気配だが、それはいいことだ、と私は言った。が、ほとんど私と同年配のロレンツォは、鋤にもたれて、流れて行く雲を横目でチラッと見て、白髪頭を振った。今日は雨は全然降りませんよ。もちろん絶対とは言えませんがね。不意打ちってこともありますから。それでも……もう一度彼はずるそうに空を横目で見上げて、前よりいっそう強く頭を振り、雨の会話を締めくくった。「ノー・シニョーレ」(降りません、旦那)。

今度は野菜の話をした。植えたばかりのタマネギの話を。私は何もかもほめちぎった。そして話題を私の関心事へ誘導した。上の堆肥の山のところの囲いは多分もう長くはもたないだろう。つくりなおしてもらえるとありがたい。もちろん、みんな手一杯で、まだやることがたくさんある今ではなくて、多分秋ごろか、冬の初めごろ一度どうだろうか? 彼は了解した。私たちは、彼がそのころこの仕事にとりかかることにして、栗の生枝で編んだ囲いだけでなく、支柱も新しくつくった方がよいと考えた。支柱はまだ一年近くもつでしょうが、やっといた方がいいでしょう……そうだね、と私は言った。

そして堆肥の山に話が及んだついでに、彼が秋にまたよい土を全部上の方の苗床に入れてしまわずに、少しばかり、少なくとも手押し車に数台分くらい、私の花壇のために残しておいてもらえるとありがたいのだが。ようござんす、それから今年はイチゴをもっとたくさん植えるのを忘れねえようにしませんとね。そしてもう何年もそのままになっている一番下の段のイチゴの苗床も片づけませんとね。あの生け垣のそばのね。こんな具合に、夏のために、九月のために、秋のために、まだあれやこれやのよいことと有益なことを、私が思いついたり、彼が思いついたりした。そして私たちが何もかもすっかり話し終わってから、私は散歩を続けた。ロレンツォは再び仕事にとりかかった。二人とも相談した結果に満足していた。

私たちはどちらも、互いによく知っている事柄を無作法に相手に思い出させることなど思いつきもしなかった。そんなことをすれば、私たちの会話は妨げられ、空しいものになってしまったであろう。私たちは単純に、善意をもって、というよりまあまあ善意をもって相談し合った。しかも、ロレンツォも私も、このよい意図と計画についての会話が彼の記憶にも私の記憶にも残らないであろうことを、二人ともそれをせいぜい二週間で、堆肥の山の修繕とイチゴを増やす時期の何カ月も前に、すっかり忘れてしまっているであろうことをよく知っていた。

雨の降りそうもない空の下での私たちの朝の会話は、ひとえに会話そのもののために行われたのであった。それはひとつの遊戯であり、ひとつの気晴らし《ディヴェルティメント》であり、結果を問題にしない純粋に美的な企てであった。私にとっては、しばしのあいだロレンツォの善良な老いた顔を眺めること、話し相手に対して相手の言うことを重大に受け取らず、この上なく気持ちのいい礼儀正しさという防御壁をかまえる彼の外交術の相手になることは、ひとつの楽しみだった。

それに私たちは同年配のよしみで、お互いに一種の仲間意識をもっている。そして私たちのどちらかが特にひどくびっこを引いたり、手が腫れあがってひどく難儀をするようなことがあると、それについては触れなくても、一方はそれを見て軽い優越感をもってにやりとする。この場合、連帯感情と同情に基づいてある種の満足の感情をもつのである。その際、どちらも自分の方が目下元気であると思ってよろこばないわけではないが、やはりもう一人がもう自分のそばに立つことがないであろう日を、先取りした遺憾の念をもって考えるのである。

そしてロレンツォと話をするたびに、私はあのナタリーナのことを、埋葬されて今ではもう十年以上眠っているナタリーナのことを考えずにはいられない。彼女の死後、私は庭の中で庭師のまねごとをしているときに、はじめてはかなさと空しさの、あのほろ苦い思いを味わった。その思いは時とともに私にとって非常になじみぶかいものとなった。

ところで、庭のことに関しては、ナタリーナとロレンツォは全然意見が一致しなかったし、仲間同士ではなく、批判的な競争者としての、覚めた、不信と嘲笑のまなざしで互いに相手を観察していた。農夫のロレンツォは、重労働者であり、その仕事は、土を掘り起こしたり、水や石を引きずって運ぶことであり、杭を尖らせて地面に打ち込んだり、木を切り倒すことであった。

一方、背が低くてかわいらしく、器用でとても弁の立つナタリーナは、植物とのつきあいにかけては、炊事のコンロとのつきあいと同様に才能があり、成果をあげていた。心のこもった世話をする彼女の手にかかると、どんなに見込のない挿し木用の枝や根っこの切り株でもよく育った。今でもまだあちこちに神経のこまやかな彼女の園芸技術の記念物ともいうべき、古風なセンティフォーリアバラや、巨大なアジサイや、数本のクリスマスローズや、美しい白ユリなどが生えている。

私たちは彼女を忘れることができない。彼女は私たちとともに私たち夫婦の最良の数年間を守り、より美しいものにしてくれた。彼女は私の隠棲の年月のあいだ、私の家の精であり、結婚して家を建ててからは私たちの忠実な召使いであり、仲間であった。ああ、そして彼女はなんと自分の気持ちを言い表すのがうまかったことだろう！彼女の的を射た単語、彼女の美しく簡潔な表現は、マンゾーニ[1]やフォガッツァーロ[2]が書いたとしても恥にはならなかったであろう。彼女のいくつかの古典的な表現は、私たちのあいだで今日でもまだ時折引用される。

たとえば、あの大きな赤みを帯びたブロンドの牡猫に関する彼女の表現である。この猫は、家の建築が完成したあと、住みついたネズミを追い払うために彼女が数日間借りてきたものだけれど、ナタリーナの解釈によれば、私たちの真新しく設備された住まいの華麗さにびっくりしてすぐに逃げて行ってしまったのである。「マ　ルイ　スパヴェンタート　ディ　タント　ルッソ　スカッパーヴァ」（「あの猫はこのたくさんの贅沢に恐れをなして逃げ出した」）。

（一九五四年）

（1）マンゾーニ＝アレッサンドロ・マンゾーニ。一七八五―一八七三。イタリアの作家。代表作『婚約者』はイタリアの近代小説の先駆的作品。

（2）フォガッツァーロ＝アントニオ・フォガッツァーロ。一八四二―一九一一。イタリアの作家。代表作『昔の小さな世界』。

聖金曜日

雲の垂れこめた日　森にはまだ雪が残り
裸の樹でツグミが歌っている
春の息吹はおずおずとそよぐ
よろこびにふくらみ　悲しみに重く。

あんなにも黙々と　草の中に低く生える
クロッカスの群れとスミレの群落
おずおずと香り　故知らず
死の匂いと　祝祭の匂いがする。

木の芽は涙で眼が見えず
空は不安げに低く垂れこめ
そしてどの庭も　どの丘も
ゲッセマネで　ゴルゴタだ。

泉から水を汲むヘッセ、1935年（58歳）

日記の頁から

暑い夏になった。かなり頻繁な激しい雷雨があり、少々気難しく、むら気ではあるが、力強く、活力のある夏である。木々の葉と栗の花はあふれるばかりに豊かで、イチゴ類は、数年来なかったほどの大豊作である。私は、少しのあいだ戸外で眼を休めるために家を出て、今、下の庭の生け垣のそばの、いつもの焚き火の場所に立っている。歩道はある区間、大きな桑の落葉がいっぱいで真っ黒である。私は炭焼き窯に薪をきちんと積み上げる。燃やさねばならない紙がたくさんある。

それに、私は少し良心のやましさを感じながら家を避けている。家にいると、祝いごとの雰囲気に押しつぶされそうな気がするからである。あした誕生日なのだ。その誕生日は、何日も前からたくさんの手紙ではじまっていた。印刷物、本の小包、そしてたくさんの友人からの贈り物もすでに到着していた。玄関にはギルスベルク城の豊饒な南斜面でとれたワイン(1)の入った木箱がひとつ置いてあり、スケッチや、銅版画や、楽譜、たいていは歌曲の楽譜の入った丸い筒がころがっている。

シュヴァーベン(2)の画家フーゴー・ガイスラー(3)は、私が五十年前にボーデン湖畔に建てた家の美しいスケッチを送ってくれた。家のまわりの木立と生け垣は大きくなっていたが、私はすべてを見分けることができた。そしてこの新築の家と新しく造成した庭に若いシュヴァーベンの詩人マルティーン・ラング(4)をしばしば客人として、また仕事仲間として迎えた時代を思い浮かべる。

ああ、彼からも、ほかのたくさんの郵便物にまじって何かが届いていた。私に捧げられた童話風な散文作品であるが、それはもう彼自身が送ってくれたものではない。彼は、病気ひとつしたことのなかった彼は、最近突然あの世へ行って、いなくなってしまったのである。彼、シュヴァーベン高地地方の牧師の息子は、かつて若々しい青年のころ私とともに生活し、私の生活を明るくしてくれたものであった。私たちはともに語り合い、詩をつくり、オルプリート(5)の神話を創作し、庭仕事をし、ワインを飲み、花火を打ち上げ、蝶を採集した。今年はなんと多くの友人たちを私から奪い去ってしまったことだろう！　けれども私は今日、悲しみの気持ちをはなれて彼らのことを追憶する。彼らは、生きていたころと変わりなく私の心と多くの夢の中を歩きまわっている。

私は焚き火に火をつけて、まだ半生《はんなま》の緑色の大枝や小枝のうずたかい山と取り組んでいる。これはこの前の激しい雷を伴う暴風雨と、主として春の営林署の指令で私の森で行われた大伐採のなごりである。あちこちにまだ大枝や樹皮の帯など、たくさんの焚き火の材料がうずたかい山をなしている。私は今日燃やす予定のものを小さく刻み、頑丈なものを冬の蓄えのためにとりのけておく。私は小枝をたわめて折りながら、家で待っている、いずれにしても長時間にわたって私たちを忙殺するであろう祝賀郵便のことをしだいに忘れ、それらの仕事一切に対する一種の不安のかわりに、私の心にはむしろよろこばしい感情が湧き上がってくる。

誕生日に、まだ郵便物など全然届かず、贈り物といえば釣り糸がひと玉と、書簡箋が数枚と、フリードリヒ伯父の「小農場」の蜂蜜の入ったガラスの小瓶くらいであったあの少年時代の誕生日ごとの、緊張して、期待にみちた祝いの前のよろこびの余韻が思い出されてくる。それらの贈り物は、小さなテーブルの上に置いたり立てたりしてあった。それに、私の年齢と同じ数の灯のともったロウソクを立てた丸いサクランボのケーキが置いてあり、その小卓の前へ母が私の手をとって連れて行ってくれた。それから私たちはみんなで誕生日の歌をうたい、オウムのポリー[6]もオーボエのようなよろこびの叫びをあげてそれに加わった。こんなことがもう一度体験できたら、老人の胸ははり裂けるであろう。

ところが、よろこびと不思議なことは終わらなかった。私が立って、焚き木を折りながら、ずっと前に亡くなってしまった愛する人たちとおつきあいをしているときに、青い夏の朝空から、見なれぬものが明るい黄緑色の光を放って、金色の稲妻のように、矢のように飛んできて、私の頭のそばをヒュッと飛び過ぎ、シロサンザシの茂みに消えたかと思うと、すぐにまた飛び出してきて、私の足もとの小枝の中にとまった。それはオウムの一種、メキシコインコで、どこかから逃げ出して私のところへ飛んできた美しい世界からの珍客であった。

「やあ、おまえさんはいったいどこから来たんだい?」と私は彼に尋ねた。そして、私が少年時代からオウム語を話すことができたのは幸運であった。この美しく輝く鳥は、私の言うことを半分だけ分かってくれた。というのは、そのとき私は、灰色のからだに赤い尾をもち、しゃべることのできる賢いアフリカ産のオウムで、二十年以上私たち家族の愛する仲間であったポリーの言葉を話したからである。それはたしかにこの黄緑色のインコの方言とは完全に同じものではなかったにせよ、私が話したのはやはりオウム語であった。それでこの珍客は、小さな頭を私の方にあげて、私を物問いたげに見つめた。そして私がかがみこんで、間近で会話を続けると、彼は恐れる様子もなく私を見つめ、うなずき、小さな眼をきらめかせて、おとなしく私の挨拶と問いに耳を傾け、その答えをさまざまな短い「スタッカート」で私にさえずりかけた。

彼は地面で餌を探しはじめ、焚き火のすぐそばに近づいても煙を不快に感じないようであった。が、私が彼のために摘み、彼のくちばしのすぐ前に置いた数個のよく熟れてつやつや光った桑の実には目もくれずに放置した。それで私は炭焼きの仕事を続けて、一本の長い栗の枝を手に取り、それも細かく折って火にくべようとした。すると、友だちのインコは飛び立って空中に舞い上がると、ただちに私の持った枝の先端にとまり、陽気に私を見下ろし、私が静かに枝を上下に動かすと、それに少しも逆らわなかった。

私は何年も前からこの場所で、一年中と一日中のあらゆる時間に、数えきれないほどたくさんのものを観察し、体験した。たび重なるツグミの訪問、数回にわたるハリネズミやヘビの訪問、そして一度は一匹の太った亀の訪問を受けたこともある。けれど、おそらく十分ほど続いたはるかな土地の原始林からの訪問、遠い昔の、鳥の言葉に通じていた少年時代からのこの訪問ほど好ましく、童話的で、信じられないほどなつかしいものには、ここではこれまで一度もめぐりあったことはなかった。——それとも、このきらめく陽気な鳥を私に送ってくれたのは、ピクトール(7)の楽園の森だったのだろうか？　このインコ氏は、枝の上で私になお数回静かに揺すぶられてから、この楽しみに飽きて、まず生け垣へ、それから白樺の木へ飛び移り、それから飛び立って、姿を消してしまった。

この体験の最中と、その後に私の頭に去来した追憶、連想、想念、空想などを書き留めるには、何日も何日もかかるであろう。それはできないことであるし、そうする必要もないであろう。この黄緑色の異国の客が飛び去ったあと、私は長いことかかってゆっくりと魔法にかかったような状態から現実にもどった。そして私は、上の家で私を待っているいろいろなことをふたたび思い出した。私は、小鍬、灰ふるい、木鋏などをひとまとめにしまい、背負い籠を背負って暑い斜面を葡萄畑を通ってゆっくりと上って行った。アトリエのそばのテラスで道具を降ろし、私はドアのハンドルに手を伸ばした。けれど、この夢のようなすばらしい朝はまだその魔法を使い果たしてはいなかった。

私の家のテラスのみかげ石の柱のところに、一本の丈高いバラの木が生えている。今年の花はとうに終わり、その根もとに、モントブレチアといくらか老化しすぎたマルタゴン・リリーが、入り乱れて生えた小さな伸び放題の繁みがある。マルタゴン・リリーは多分一週間後には最初の花をつけるだろう。そのユリの葉かげから、私は強い日光で眼がくらんでいたが、何か黒いものが音もなく、影のようにふわっと舞い上がるのを見た。それは小鳥ではなかった。蝶であった。しかもこの辺ではめったに見られなくなってしまったキベリタテハ[8]であった。この蝶には、私はもうおそらく三年か四年前からお目にかかっていなかった。

それは大きな、まだ羽化して間もない美しい蝶であった。蝶は私の眼のまわりを黒い影のように飛びまわり、いったん私から離れたかと思うとまた私の方にふわりと舞いもどって、匂いをかぐように私のまわりを旋回していたが、私の手にとまった。蝶はそこにとまったまま羽をたたんだ。羽の裏面はつやのない煤と灰の色をしていた。やがてふたたび羽を開くや、ネープルズイエローに縁取られ、すばらしい青い斑点が列をなしているビロードのような暗紫褐色の羽を見せた。明るい羽の縁どりとベンガラを使わないと表現できそうもない暗色とのあいだにあるその青い斑点の列は、気品があり、奥ゆかしい。

ゆっくりと、静かな呼吸のリズムでこの美しいものは、そのビロードのような羽を閉じたり開いたりして、六本[9]のきわめて細い脚で私の手の甲にしっかりつかまっていた。そしてしばらくたつと、私には手から離れたのがまったく感じられなかったのだが、パッと飛び立ち、広い、熱い、明るい大空に舞い上がっていった。（一九五五年）

(1)ギルスベルク城の……ワイン＝ギルスベルク城は、スイスのシャッフハウゼン州のライン川右岸の町シュタイン郊外の丘の上にある城。その城のブドウ山からとれるワイン。ブドウの種類はミュラー・トゥールガウ。このワインの贈り主は、この城とブドウ山の所有者、ヘッセの友人H・C・ボードマーであった。

(2)シュヴァーベン＝ドイツ南西部の地方。ヘッセの生まれ故郷。

(3)フーゴー・ガイスラー＝画家。一八九五―一九五五。ヘッセと同郷の友人。

(4)マルティーン・ラング＝詩人、作家。一八八三―一九五五。ヘッセの若い頃からの友人。

(5)オルプリート＝詩人エドゥアルト・メーリケ（一八〇四―七五）によって考え出された空想上の島。

(6)オウムのポリー＝ヘッセの家でポリーという名のオウムを飼っていた。『美しきかな青春』Schön ist die Jugend などの作品に出てくる。

(7)ピクトール＝ヘッセの挿絵入り童話『ピクトールの変身』の主人公。幸せを求めて楽園に来たピクトールがかねてあこがれていた木に変身する物語。オウムも出てくる。一九二二年、ヘッセはこの作品に挿絵を描いて私家版をつくり、希望者に分け与えた。出版されたのは一九五四年。

(8)キベリタテハ＝蝶の和名。黄縁立羽蝶。学名 *Nymphalis antiopa.* 独名 Trauermantel（悲しみのマント、喪服）。開張五五〜七五ミリ。ユーラシア大陸北部、北米大陸、メキシコ高地、さらに南米コロンビア・ベネズエラ高地などに分布。日本産亜種は、本州中部以北の山岳地帯に産する。

(9)六本の＝これは、「四本の」が正しく、ヘッセの勘違いであろう。タテハチョウ科の蝶は、ものに止まるとき、中脚と後脚の四本しか使わない。前脚は非常に短く、ふだんは体に密着していて見えない。

夏の夜の提灯

暗い涼しい庭に　暖かく
色とりどりの提灯が並んで漂う
葉群の中からやわらかな
謎めいた光を放っている。

ひとつはやさしくレモン色に微笑み
赤や白の提灯は哄笑している
青い提灯は　梢にかかって
月か幽霊のように光っている。

突然ひとつが炎につつまれ
燃え上がって　すっと消える……
姉妹たちは　無言で身ぶるいし
微笑みながら死を待つ

青白い月色の　ワイン色の　ビロード赤の姉妹たち。

失われた故郷のように――ヘッセの手紙から

私はあいかわらず毎日庭で働いています。砂利の道路の工事ははかどり、庭じゅう掘り返して、ところどころ堆肥もやりました。苗木にはできるだけ野兎の害を防ぐ手立てを講じ、来年の魅力的な新しい花壇の計画もできあがりました。けれどこれはもちろん、これまで生えていた草花をどこへ配置するかということだけで、新しい植物を追加するわけではありません。ダーリアは増えて、百株ほどになりました！

（一九一〇年十一月二十四日　ルートヴィヒ・レンナー宛）

こちらはこのところ二、三日、青く晴れた暖かい日が続いています。息子たちは休暇中で、毎日庭で私の秋の片づけの作業を手伝ってくれます。私は仕事の合間にこのような庭仕事に手を出す必要があるのです。室内で眼を酷使すると、私はいつもすぐにひどい苦痛を感じ、それがひどくなって、本当に不快な痛みになりやすいからです。天気のよいときには、なんとかうまく切り抜けられるのですが、悪い天気のときには、それが困難になります。私はすわって何もしないでいることを習いませんでしたし、そんなことには耐えられないからです。

（一九一六年十月六日　エーミール・モルト宛）

数日前、私はがらんとして、日ざしのきついテラスにすわっていました。そこにはいくつかの古ぼけた木箱に数種類の草花が生えているだけです。私はヒエンソウやビジョザクラやサンゴフクシアを観察していました。すると一頭の蛾が羽音を立てて飛んで来ました。それは、スイスのドイツ語圏では、Taubenvogel《タオベンフォーゲル》（鳩）とか、Taubenschwanz《タオベンシュヴァンツ》（鳩の尾）とか、Taubenschwärmer《タオベンシュヴェルマー》（鳩雀蛾）などと呼ばれているホウジャク[1]でした。

そのとき私は、この羽音を立てて飛ぶスズメガがあなたの本のどこかに、それも私の大好きな箇所に出てくることを思い出しました。そこで私は夕方それを探しはじめ、まもなく『幼年時代』[2]の「花園」の章に出てくることを見つけました。そしてそれ以来この本を再読しています。この本は、現代の本の中で私の最も好きなもののひとつです。

（一九二九年七月二十一日　ハンス・カロッサ宛）

（1）ホウジャク＝蜂雀蛾。スズメガ科の蛾の一種。学名*Macroglossum stellatarum*. 和名は、この蛾の形と、羽音を立てて飛ぶところに由来し、「鳩の尾」という独語名は、この蛾の尾端が鳩の尾を連想させるところに由来する。

（2）『幼年時代』＝ドイツの詩人ハンス・カロッサ（一八七八―一九五六）の自伝的小説。

このところ体の具合がよくありません……けれど、たとえば野菜畑で膝をついて草むしりをしたり、外で少し水彩画を描いたりするあいだ、痛みやいろいろなことが消えたり、私がちゃんと静かにしていると、瞬時のあいだ世界の調和が草の中で歌うのが聞こえてきたりする、そんなひとときが毎日あります。

（一九三二年五月　カール・マリーア・ツヴィスラー宛）

このような草取りは、雨の日でないかぎり、私の日々を充実させてくれます。眼の痛みのとくにひどい昨今、草取りは私にとっては、いわば半日かまる一日のあいだくりかえし頼りにできる、常用の阿片のような利点があるのです。この場合、物質的な動機や思惑とはまったく関係がありません。なぜなら、数えきれないほどの何百時間もの庭仕事をしたあげく、その収穫がせいぜい小籠に三ばいか四はいの野菜にすぎないからです。そのかわりにこの仕事は、宗教的な性質をもっています。地面に膝をついて草むしりをするのは、礼拝のためにひたすら礼拝を行っているようなものです。そしてそれが永遠にくりかえされるのです。なぜなら三つか四つの畑をきれいにすると、最初の畑にはもう緑の草がはえているからです。

（一九三二年七月　ゲオルク・ラインハルト宛）

ひと晩よく眠って、痛みがほとんどないときには、いろいろと考えが湧いてきて、童話や詩作品を思いつくことができます。そのうちの一パーセントくらいはあとで書き留めることができるでしょう。私はそのようなことをたいてい雑草を取りながら考えます。このような機械的な作業をしながら、自分の作品の主人公と対話をするのです。そして彼に今日の問題や、政治問題をも突きつけ、それからふたたび彼とともに、時事的なものとも物質的なものともかかわりのない、楽しい領域へ退散します。

（一九三二年七月二十三日　ヘレーネ・ヴェルティ宛）

土と植物の世界では、私たちが子どもだった頃から、何ひとつ変わっておりません。

これはほっとすることです。

（一九三三年頃　ツェツィーリエ・クラールス宛）

私どもは、とても耐えられないほど落ちつきのない暮らしをしています。三カ月このかた、たえずドイツから少しずつ悲惨な知らせが手紙を通じて、不穏な気配を通して、滞在客や訪問客を通じて私のもとへ届きます。亡命者や逃亡者があふれています。みんな、あるいは精神的に、あるいは物質的にひどい苦境にあります……ところで、私はよろこんで庭の奴隷となって、ひまな時間があるとほとんどいつも妻といっしょにそこで働いています。庭仕事は私をとても疲れさせ、少しきつすぎますが、これは、当今人間が、行い、感じ、考え、話すすべてのことの中で、最も賢明なことであり、最も快適なことです。

（一九三三年六月五日　オルガ・ディーナー宛）

ひまな時間は庭ですごします……私たちは如雨露《じょうろ》と鋤をもって身をかがめ、汗をかきます。そして二匹の小猫がこの土地の主で、遊びたわむれ、彼らの小作人である私たちを満足そうに眺めています。

（一九三三年夏　ゲオルク・フォン・デル・フリング宛）

獅子《レーヴェ》の嘆き（1）

さみしくぼくは立ちつくす　ぼくは途方にくれている
木々はざわめき　花々は悠然と微笑んでいる
けれどぼくのこの世の楽しみはなにもかも
することなすことだめになった。
虎《ティーガー》ちゃん　遊び友だちよ　弟よ
きみはぼくの言っていることが聞こえないのか？

ああ　虎《ティーガー》がいなかったらぼくはどうしたらいいだろう
きみがいないと　どんなに美しいものも
塵芥《ちりあくた》　鼠の尻尾ほどの価値もない。
どんな鼠でも蜥蜴でもきみにあげる
ほしいものはなんでもあげよう
土竜《もぐら》も甲虫も掘り出してあげよう
禁じられたあらゆる場所でぼくといっしょに

すばらしい禁断の夢を見よう。

ただぼくをひとりぼっちでおき去りにだけはしないでおくれ
羊歯が風にそよぐこの森の中に
蜘蛛がエニシダの中をはいまわり
ときどきとってもうまそうな小鳥の匂いのする森に。
ぼくは永久にきみを失ってしまったのか？
きみはぼくの歎きの歌を聞いていないのか？
きみはぼくの双子として生まれたのではなかったのか？
弟よ　愛する弟よ　帰ってきておくれ！

（1）この詩の中の獅子《レーヴェ》と虎《ティーガー》はヘッセの飼い猫。

焚き火をするヘッセ、1935年（58歳）

庭についての手紙

愛する友よ！

何週間も続いている乾燥した暖かい天気に、雪は森の縁にわずかばかり残っているほかは消えてしまい、ようやく早春の片付け仕事ができるようになりました。ロレンツォは、葡萄の木を剪定して、支柱に結びつける仕事を終わりました。たくさんの新しい支柱がピンと立って白く光り、その下の乾いて色あせた冬草の中では、いたるところに黄色い宿根サクラソウの小さな群落が笑っています。

ボッチャ[1]のコースへ降りて行く道の左手の、去年ダーリアと百日草の花壇があったテラスでは、草花から日光を奪っていた葡萄の木が、今容赦なく引き抜かれて、さっぱりとむきだしになったテラスには十日間ずっと落葉と小枝の焚き火が燃えています。そのための材料は園丁長フォーゲル[2]が道や畑やその他の場所から運んできます。ボッチャのコースの上だけでも、籠にざっと八十杯から百杯分の落葉が積もっていて、すでに五十杯分はもうなくなりました。山と積もった落葉は全部サラサラして乾いているように見えます。が、上の方の層を取り去ると、下の方は湿っていて、ところどころ分厚くかたまってコースの表面にこびりついているので、コースを傷めないようにすべてを何度も熊手でかいて返し、乾かして、下側の層はほとんど一枚ずつはがさなくてはならないほどです。

この作業中にときどき猫のレーヴェが園丁長の背中に乗って助手をつとめます。彼はティーガーのようにかなり神経質で、臆病で、二匹とも交尾期の真っ最中なので、すっかりやせて細長くなってしまいました。その上最近敵が、競争相手が一匹現れました。レリツィーのヴィーガント夫人[3]が今私たちのところに滞在しています。彼女が立派なアンゴラ産の牡猫を籠に入れて連れてきました。それをこの二匹の兄弟が拒否し、恐れ、嫉妬しているので、アンゴラ猫は一匹だけ離して飼い、別々に餌をやらなくてはなりません。私が妻にこの状況を心理学的に説明しようとすると、彼女は私に尋ねました。「新しく来た牡猫が立派な血統の高級な猫だなんて、うちの二匹のやせ猫が気づいているとあなたは本当に思っているんですか。私は、このアンゴラ猫だって、自分がそんな高級な猫だと意識しているかどうか怪しいものだと思っていますわ」。そこで私はこう答えました。「それでは、たとえばG・ハウプトマン[4]が、自分をアンゴラ作家（毛並みのよい作家）だと意識していないとでも思っているのかい」と。

アトリエの前の大きなサボテンは、ちゃんとしたひさしの下に置いてはありますが、今年はじめて戸外で冬を越したので心配です。私たちは、それが無事でいるのか、それとも凍死してしまったのか、まだ知りません……

さて、私は仕事をはじめなくてはなりません。

敬具

（一九三四年二月二十日　グンター・ベーマー宛）

（1）ボッチャ＝野外で行うボーリングに似たゲーム。

（2）（原注）園丁長フォーゲル＝ヘッセ自身を指す。あるフォーゲルフライ（訳注・中世ドイツ時代、重罪を犯して裁判で法律の保護を剥奪され、追放された者）の冒険を書いた自伝的な童話「フォーゲル」の中で使われた架空の名前。

（3）（原注）ヴィーガント夫人＝エレオノーレ・ヴィーガント。一八九六―一九七六。ヘッセと親交のあったジャーナリスト、ハインリヒ・ヴィーガントの未亡人で、彼女は夫の死後、一九三四年一月二十八日にヘッセの家にひきとられた。

（4）G・ハウプトマン＝ゲールハルト・ハウプトマン。一八六二―一九四六。ドイツ自然主義時代を代表する作家、劇作家。ノーベル文学賞受賞。

私は、一日をアトリエで仕事をする時間と庭仕事をする時間に分けています。庭仕事は瞑想と精神的な消化のためのもので、そのため私は独りだけでそれをします。

（一九三四年四月　カール・イーゼンベルク宛）

当地では、とても暖かい初冬なので、家の前の花壇にまだ無傷な緑のキンレンカが生えています。ふくよかな緑色で、その上、二つ三つ花も咲いています。下の方の谷では、朝のうちはまだ少し霜が残っていますが、厳冬期には殺風景になってしまうこの地方は、今はまだとても明るく、色彩に富んでいます。そしてまわりの色彩豊かな山並みの上にさらに高い山々がそびえ、雪をかぶって輝き、夕方には赤々と夕日に照り映えます。私はちょうどバーデンでの湯治から帰ってきたところです。それで雪が降る前に、庭でできるだけ片づけものをしたいと思っています。何も生えていないダーリアの花壇では、私の焚き火が煙を出して燃え、その長く細い煙で、ひとつのささやかな青い変奏曲を風景のメロディーの中へ送っています。

（一九三四年十二月　アルフレート・クービン宛）

こちらではこのごろようやくひどく暑くなってきました。そしてほとんどの日に私のやれることといえば、毎日の庭仕事だけです。つい先頃、雷雨がひどい雹を降らして、ほとんどすべてのものを打ち砕いてしまいました。ですから、することなら充分にあるのです。トマトの株に水をやるときとか、一本の美しい草花の根もとの土をやわらかくするときには、芸術家がしばしば抱く「こんなことをして意味があるのか？」とか「こんなことがいったい許されるのだろうか？」といったようなあの呪わしい感情をもつことはありません。決して。それどころか、私たちは自分の行為に満足しています。そしてそういう満足感はときどき必要なのです。

（一九三五年初夏　アルフレート・クービン宛）

私は、この夏ほとんど強制的ともいえる集中力をもって時事問題から離れ、少なくとも一篇のささやかな牧歌(1)を書いて、それをきみに送ることができるのをうれしく思っています。どのような環境の中でこれができたかを、これを読んでも誰も気がつかないでしょう。

（一九三五年十二月　ハンス・シュトゥルツェンエガー宛）

(1)ささやかな牧歌＝『庭でのひととき』のこと。一四六頁参照。またこの作品の成立については、「編者あとがき」三五七頁以下参照。

こちらではあまり早く美しい春がきたので、この春を気の毒に思うほどです。春は、一般の芸術家たちと同じように世界の歴史に対して発言する機会をもたないのです。世界史はじっさいいつも少々騒々しく、あつかましくて、自分を偉いと思っています。よく世界史がにやにや笑っているように見えることがあっても、それがユーモアを解するなどと考えるのは間違いでありましょう。

（一九三八年三月　アルフレート・クービン宛）

詩人が、もしかしたら明日にも破壊されているかもしれない世界の真っただ中で自分の語彙を苦労して拾い集め、選び出して並べることは、アネモネやプリムラや、今いたるところの草原で成長しているたくさんの草花がしていることとまったく同じことです。明日にも毒ガスに覆われているかもしれない世界の真っただ中で、花たちは念入りにその葉や、五弁あるいは四弁あるいは七弁の花びらや、なめらかなあるいはぎざぎざの花びらを、すべてを精確にできるかぎり美しく形づくっているのです。

（一九四〇年四月　息子マルティーン宛）

三年前の復活祭にきみたちが私にくれた植物について、きみとザッシャ[1]に釈明しておかなくてはなりません。私が財布に入れて持ち帰り、それからここで鉢に植えたのは三つの小さな鱗片でした。その三片があれ以来およそ百以上の植物になりました。私はいくつかを知人たちにも分けてあげました。ところがこれらの植物のうちのひとつだけ、一番古くて、多分あの三つの鱗片から育ったにちがいない原植物のひとつだけが、今までにその成長の全段階を完了しました。

それは急速に成長しました。今では、一本の棒に何箇所も結びつけられているその幹が描くうねりやカーヴをまったく計算に入れずに、二六五センチの高さになりました。子どもの指の太さくらいの幹は、木質で非常に硬く、三分の二の高さのところまでは葉がなく、その先に、ご存じのように、小枝が幹のまわりに並んで生え、その小枝の先端にはくりかえし新しい鱗片ができては離れて落ち、その鱗片からまた地面でその植物ができるのです。しかしこの植物は今新たな、おそらくは最後の成長の段階に入りました。一番上の小枝の少し上の幹の先端に、この数週間来ゆっくりとひとつの散形花序の花ができてきたのです。それは、それぞれ約六センチから十センチのきれいな小さな杯状の花が四つ集まったもので、これらの花のほとんどはまだつぼみですが、咲いた花は上品なコブレットの形をして、美しい淡赤色です。

おそらくこれは、一生に一度だけ花を咲かせて死に絶えてしまうあの植物のひとつなのでしょう。いずれにしても、きみたちからの贈り物がどうなったかわかるように、以上のことを報告しておきます。

（一九四一年一月　ザッシャ、およびエルンスト・モルゲンターラー宛）

（1）ザッシャ＝モルゲンターラー夫人。

この世の中は陰惨に見えますが、やはり春になると、どの花からも永遠の快活さが笑いかけます。

（一九四二年三月　ヘンネット男爵夫人宛）

今では年とともに、眼の衰弱が増すばかりで、長時間まったく仕事ができないことがよくあります。私の眼は日常の必要不可欠なことをやっと片づけられるだけだからです。そのかわり私には、ひとつの庭が、葡萄の木や、野菜や、少々草花のある素朴なテッスィーンの庭があります。夏には私はそこで半日を過ごします。焚き火をし、花壇の中にひざをつき、下の谷間の村々から響いてくる鐘の音を聴きます。そしてこの素朴な田舎の小世界で、詩人や哲学者の著書を読むときとまったく同じように、永遠なものや、心にしみるものを感知します。

（一九四二年秋　パウル・A・ブレンナー宛）

花々は、あいかわらず楽しそうに、美しく咲いています。まだ葉の出ていない森では青いツルボが、草地ではプリムラやスミレやクロッカスやその他のいろいろな花が咲いて、私たちと、私たちの憂慮を笑っています。

（一九四四年三月　エルンスト・カッペラー宛）

今年はじめて庭に出て上着を脱ぐとき、わずかに生えた草の中に小さなクロッカスが生えて、ヤマキチョウがきらめきながら暖かい空気の中をひらひら飛ぶとき、それは何度見ても美しい奇跡です。

（一九四五年二月　息子ブルーノ宛）

世界はもう私たちにはほとんど何も与えてくれません。世界はもう喧噪と不安とから成り立っているとしか思えないことがよくあります。けれど、草や樹木は変わりなく成長しています。そしていつの日か地上が完全にコンクリートの箱でおおいつくされるようなことになっても、雲のたわむれは依然としてあり続けるでしょうし、人間は芸術の助けをかりてそこかしこに、神々しいものへ通じるひとつの扉をあけておくでしょう。

（一九四九年一月　クルト・ヴィートヴァルト宛）

庭に出て眼の疲れを休めずに、閉じ込もってただ仕事ばかりしていると、私の眼はひどく弱って、何日ものあいだ涙が出て痛み、まったく使いものにならなくなって、何もしないで過ごさなくてはなりません。私が死を考えるとき、それはとりわけこの私の小地獄が終わることを意味し、この終焉はこの上もなく快いことです。私の半生は、この眼のために暗くなってしまったからです。

（一九五四年五月　エルヴィーン・アッカークネヒト宛）

土と植物を相手にする仕事は、瞑想するのと同じように、魂を解放し、休養させてくれます。

（一九五五年秋　ヨハンナ・アッテンホーファー宛）

むかし　千年前

不安に満ちて　旅へのあこがれにかりたてられ
とぎれとぎれの夢から覚めて
私は聴く　私の竹林が
夜　歌をささやくのを。

休息するかわりに　横になっているかわりに
私はなれ親しんだ軌道からもぎ離される
走り去り　飛び去るために
無限へと旅するために。

むかし　千年前
ひとつの故郷が　ひとつの庭があった
その庭の小鳥の墓の花壇の中で
雪の中からクロッカスの花が顔を出していた。

鳥の翼をひろげて私は飛び立ちたい
私を束縛する絆から逃れて
あちらへ　あの時代へ
今も私の心にその黄金が輝くあの時代へ。

庭仕事を終えて、1938年（61歳）

詩「夏の夜の提灯」（214頁参照）に添えられた絵、ヘッセ水彩画

〔右頁・上〕ヘッセの童話『ピクトールの変身』の絵入り原稿に描かれたオウム。1923年2月。〔右頁・下〕1923年4月6日のロマン・ロラン宛の手紙に描かれたヘッセの水彩画（花壇）。〔左頁〕「私の庭の垣根」。マックス・トーマンに送られたヘッセの水彩ペン画。1932年

「夢の家」とその庭、ヘッセ水彩画

夢の家——小説

サフランの花はとうに時期を過ぎ、マツユキソウも消えてしまい、期待と不安に満ちた晩春に、ハクモクレンの老木だけが花盛りであった。大きな葉がにぶい銀色に輝く丸い形をした木の茂みからツグミの歌があふれ出て、清らかな白い花は、美しい病弱な子どもたちのおだやかな、いぶかしそうなまなざしのようであった。小さな楕円形の草地の中で、ハクモクレンの木はこんもりと、荘厳に咲き、その上に、アーチ型のひさしのついた低い家の、緑色と灰色の漆喰を塗った風雨にさらされた南面が陽光を浴びて晴れやかな姿を見せていた。

丸みを帯びた破風屋根と、屋根の細い瓦の縁は、湿った青空の中に憩い、幅広いバルコニーは大きなフジの木の伸び放題の蔓に幾重にも巻きつかれていた。しかしすべてを深く、やさしく緑の梢と裸の樹冠の中へつつみ込んで、古い、巨大な枝を広く屋根全体を保護するように、ニレの木が高くそびえていた。その両側には枝に長い毛の生えた外国産のアカマツが、厳かな、計算しつくしてつくられたようなピラミッド形をして生えていた。その枝には、鱗片の開いた去年のマツカサが暖気の中で樹脂の香りを放ち、まだらになった影の中では小さなキツツキとゴジュウカラが、太く赤い幹のまわりを、影のように灰色になったり、宝石のようにキラッと輝いたりしながら走りまわっていた。

ハクモクレン、ネズ、バラの木などの生えたその草地は、家とニレの木とアカマツとこんもりと藪のようにもつれ合って茂った丈高いライラックの木立とのあいだに、世間の塵と風から守られ、緑の中に深く埋もれて横たわっていた。その草地は南側だけが開けていた。そこでは庭が日の当たる方に向かっていくつかの階段と小さなテラスのある下り坂になっていた。その前方には、遠くまで、緑色のゆるやかに起伏する牧場が広がり、その開けた台地には、隣の地所との境界になっている幅広い樹冠をもつカシワの並木が、ユーモラスに曲がりくねった長い線を描いていた。

この緑の牧場のはずれには、ここからは見えない谷川があった。その向こう側には緑の森に覆われた山並みが長くおだやかに連なり、そのうしろにはもうひとつ緑の山脈がすでに青みがかった薄い靄につつまれ、そのまたうしろには、一連の険しい、完全な青色の前衛の山々が、裸の岩壁をきらめかせていた。そしてこの三番目の青い山脈の向こう側にようやく、無限に遠く、移ろう雲の中に高く、夢のような色の、雪におおわれた山々が、さまざまな光や色でおぼろにかすみ、現実から切り離されて神々しく浮かんでいた。それは悠久の青白い霊の世界のようでありながら、近くにあるどんなものよりも実在感があり、安定感があった。

老人はバラの木のそばに立っていた。バラの幹を支柱に結びつける時期であった。彼は、緑色の前掛けのベルトに、長い金髪の巻き毛のような明るい色の靭皮《じんぴ》の束を差し込み、手にはハサミをもっていた。彼は茶色い、棘のある小枝の中を、ためらいがちな指で探り、枯れてしまった先端を選んで、慎重に切り取り、それらを柳の枝で編んだ底の浅い籠に集めていた。夕方の陽光が、つぼみのふくらみかけた丈高いライラックやハシバミの木の中へ斜めに、暖かく流れ込んでいた。老人はこの瞬間を待っていたのである。今彼は、籠とハサミをわきに置いて、小さな草地の西側に歩み寄り、ふりそそぐ陽光の中に静かにたたずんで、ハクモクレンの木を観察しながら彼の簡素な夕べの祝祭を行ったのである。

ハクモクレンは色あせた白い花をまだ大きく、息づくように開いており、一番上の枝から彼の上にあふれるほどの夕べの陽光がふりそそぎ、すばやく、そしておだやかに夕日のバラ色がどの花にも飛び移った。疲れた白色が花に秘められた優しさで輝きはじめ、数分のあいだこの魔法にかかった木の上に魔法のヴェールが気づかぬほど薄っすりとかかると、ひとつひとつの青白い花たちはどれも魂が目覚めて、やわらかなうてなから、このささやかで不安な祝祭を静かに暖かく見つめながら祝っていた。

落ち着いた眼で花たちの父は、親しげに、探るようにこのささやかな奇跡を見つめていた。ひとつひとつの花が顔を赤らめながら彼の心に夕べの挨拶を送った。彼は、芽吹きの季節の香りを胸深く吸い込み、その緊張して待機する気配と、待ち切れずに萌え出ようとする芽の甘美な熱気を感じとった。

世界は小さくなった、と思って、彼はかすかに微笑んだ。この老人は生涯のあいだに、仕事のために無数の人びとと関わりをもち、高い官職につき、世界中を旅してまわり、ゲーテのように、「すべての太陽の輝きと、すべての樹木と、すべての海岸と、すべての夢をいっしょに自分の心の中に把握したい」というあこがれを、たえず胸に育んできた。今彼の活動の場は、木や草や灌木や花壇が、彼にとってなじみ深いものとなり、彼のものとなり、彼の手で手入れされ、彼によって企画され、作り出され、形づくられ、管理されて生きている自分の庭という狭い領域に限られていた。が、彼の豊かさが減少したわけではなかった。花壇ひとつのバラでさえ、海岸や広い世界と同様に、感覚や観念では汲みつくせないものであった。所有することはすべて制限されることであった。理解することはすべて諦念であった。そしてすべて諦念への強制はその諦念を微笑みと沈思に昇華させることを求めた。

ネアンダーは、ゆっくりと芝生のへり伝いに、彼をとりまく密生した灌木の茂みのあいだの砂利道を下の庭に降りる石の階段のところまで歩いて行った。そこでは、空と、はてしなく広がる世界が、灌木の茂った庭の片隅のこの狭い隠棲の場所に入り込んでいた。そして庭や木々や生け垣や牧場や緑の山並みや青い山脈を越えて、そのはてに遠く、おごそかにアルプスがそびえ立つ大空が視野に飛び込んできた。

ハクモクレンの木のつつましい花々を美しく輝かせたその同じ光が、遠いかなたでは、同じような魅力をたたえて雲の峰々、雪の山々の上に流れていた。夕べの牧場と森林におおわれた山のかなたに、アルプスの山列はこの世のものとは思えない魅力をたたえて、ダイヤモンドのように輝いていた。それは、地上とは何のつながりもなく、かなたの靄の上高く、たぎり立つ光の炎にみたされて輝くガラスと宝石でできたおとぎの国の城のように、雲の峰と兄弟のように並ぶ山々であった。

これまでに何度も考えたことを老人はまた考えた。かつては全世界を精神的に把握したいという衝動に駆られて、あわただしい、貪欲な旅のまにまに、遠く見知らぬ大陸にまで行ってしまったこともあったけれど、彼はやはり生涯のほとんどをこの神々しい山々のすぐそばで過ごし、その美しさとその謎は、幼少のころから彼の心に親しみ深いものとなっていた。この巨大なアルプスの壁は、彼にとっては彼自身の心の分裂と障害の永遠の象徴であった。彼の心の中では、人類の歴史におけると同じように、南方と北方とのせつない闘争があらゆる運動の中心となっていたのであった。

そのガラスのような魔法の壁を越えた向こう側には、いくつかの美しい楽園があることを彼は知っていた。そこでは自然の富に恵まれた人間の素朴さの中で快適に気楽に生活することができた。そして北方ではあこがれの苦悩と煩悶の深淵から努力して生み出された美が、そこでは優美な草花の無邪気な自然のままの姿で成長していた。けれど彼にとっては北方の美は南方の美より親密で、感動的な響きをもち、神々しい陶酔の中ではるかに大胆に羽ばたくものであった。

ネアンダーはふたたびかなたに浮かぶ多彩な山頂を眺めながら彼の内面生活のひろがりを展望した。彼は北方の人間であった。彼はあきらめと鎮めがたいあこがれをもつ側の人間であった。けれど闘争は終息していた。人生の盛りを過ぎて以来、長い影のさす谷間に深く降りてきて以来、彼は死からの逃避について考えなくなった。彼が出てきた場所とこれから行く場所は、ひとつで同じ場所のように思われた。

子どもの頃から毎日彼を呼び、彼をたえず駆り立てて前進させた生の誘いの声は、彼にはしだいにあの世から彼を呼ぶ死の声になっていた。そしてそれについて行くことは生の誘いの声について行くのに劣らずすばらしく不思議なことのように思われた。生といい死といい、それはただ名称にすぎなかった。が、誘いの声は実際に存在した。そして歌い、彼を引きつけ、毎日を歩調正しく進むように彼に命じた。その道は故郷へ向かっていた。

夕べの息吹が遠くから吹いてきて、池では葦の歌がさやいでいた。夜は昼に呼びかけ、昼は夜に呼びかけ、神の息吹は永遠に吹き通っていた。

老人は、多彩な空のかなたから眼を身近なものに転じて、注意深く庭を観察した。彼はそれを現在の状態で見たのではなかった。長年のあいだの愛情のこもったつきあいが、彼を木々や灌木と結びつけていた。ここに生え、育ったもの、この家とニワトコの茂みのあいだの、狭いけれど手入れのゆきとどいた一隅に、外からは決してのぞき込むことのできないこの緑の離れ島に生え育ったものはすべて、彼が考え出し、望み、あるいはゆずり受けたものにさらに手を加えたもので、どれも未完成で、むしろ将来のためにたえず湧いてくる思いつきとその実現への思いに満ちあふれていた。

ハシバミとニワトコのあいだの片隅に、高く伸びた長い蔓状の野生のバラがぶらさがり、花盛りのバッコヤナギの木の下に、黒っぽい、太いキズタが這い、もつれあうフジの蔓のあいだに、やわらかで、葉先のとがったライラックだけがアーチ形に茂ることができたこと、これらはみな彼の作品であった。そしてそれは、美しいというだけでなく、彼が自分の庭づくりの夢を、何年ものあいだ情愛をこめ、細心の配慮のもとに植物の生来の姿のままに選び整えつつ実現したものであった。今、細い枝のあいだからさまたげるものもなく空がのぞけるところには、葉が伸び、花が咲き、実がなり、蔓が伸びて、五月にも、七月にも、九月にもそれぞれいろいろの美しい、おもしろいものが待機し、成熟することをネアンダーは知っていた。ナナカマドの実がつややかに青空を背景にぶら下がり、濃い緑の中から赤い花が燃えたち、蜜蜂の隠れ家や蝶の憩いの場所が季節ごとに整えられ、人の手で守られ、助けられて、植物を中心とした親密な友好関係が生まれることを知っていた。

夏の早朝にも、蒸し暑い八月の夜にも、四月の真昼にも、秋の夕べにも、ここかしこに蜜蜂や蝶たちのそれぞれ気に入りの場所と舞台が用意されていた。そして小さな温室に芽生える植物はどんな小さなものでも、この庭園詩人の頭の中に、すでに葉や花の姿で、明るい箇所として、暗い片隅として、豊かな赤い花の色として、そこかしこにその確かな場所と地位と目的をもっていないものはなかった。

けれども、老人は彼のさまざまな緑の夢の中にもっと深く、もっと親密に生きていた。この庭には、いたるところに彼の内面生活の記憶と象徴や、悲しみの記念碑と感謝の捧げ物や、青春時代の記念や、あの世を指示する死と再生の予感が根づいており、それは彼だけが知り、解釈できるものであった。彼は、長年のあいだ時とともに深まる愛情を込めて四季と昼夜をこの庭とともに生きているうちに、この千態万様に生きるものを、自分自身の肖像として、自分の魂の神秘にみちた作品として、似姿として感じるようになっていた。

ここで生涯のさまざまな夢が死に、変身した。ここで神の礼拝が行われ、永遠の感情がはぐくまれた。そしてほかの人の眼にはただ美しい梢、快適な茂みがあるにすぎないところに、詩人である彼にとっては忘れ難い存在と闘争、探求と克服が生き続けていた。孤独な支配者が人間とその財産が広く遠くへと移動するさまをみて自分の思想と計画の影響や結果を認識するように、この老いた庭園愛好家は彼のおだやかな世界の中のあらゆるものの成長と静かな出来事のすべてを彼の心の反響として、はるかな実り豊かな振動と感じた。

ネアンダーは低い塀の上に腰を下ろして、期待しながら山々を見つめていた。すでに夕べは生暖かく、遠い青空はしっとりしていた。冬と早春はもう終わっていた。老人はふたたびこれから生まれ出る一年を、新しい、予感にみちた庭の一年を思い浮かべた。アスターの花、ライラックの時期、白い塀を覆うツルバラの花飾りを！

力強い足音が家へ通じる道から響いてきた。ネアンダーはそれを出迎えるために立ち上がった。すると彼の前に彼の二番目の息子がはつらつとして微笑みを浮かべて立っていた。左手に帽子をもち、右手を伸ばして、彼の手を尊敬の心をこめてしっかりと握った。

「ハンス、もう着いたのか！」

「ええ、パパ、手紙でお知らせしたよりも一日早くなりました。ママには今会えませんでした。町へ行ったんですね。元気ですか、パパ？」

「みんな元気だよ、ハンス。私は少し年をとったようだが、ママは、会えばわかるが、まだ変わりなく若いよ」

「そうですか、それにこの庭、なつかしい庭！　ハクモクレンが咲いてますね。すぐに眼につきました。相変わらずここで働いているんですね。——ぼくはこれまでずっと、パパを思い出すときはきまって、バラのそばとか如雨露《じょうろ》をもって庭にいる姿ばかりだったと思います。パパの庭はとても美しい。ぼくが覚えていたのよりずっと美しい。この世にこんな庭は二つとありませんよ」

ハンス・ネアンダーは低い塀の上に足をかけて、楽しそうにあたりを見まわした。

「かならずしもその通りだとは言えない」と父親が言った。「私らはもちろんよい庭を作ろうと思っている。が、私らヨーロッパの者は残念ながら本当の庭つくりとは言えない。日本人がどんなに庭を美しく作ることができるか見なくてはならない！　けれどおまえにとってはここは幼い頃をすごした故郷だ。故郷では何もかも美しく、完全だ」

「ぼくは本気で言ったんですよ」とハンスは大声で言った。「パパは木や花壇やいろいろなものを実に適切に生き生きと配置し組み合わせています。これ以上うまくできるなんて本当に信じられません」

「おまえには欠点が見えないからだよ、ハンス。たとえばあそこの四阿《あずまや》のとなりのアカシアの木のあいだにナナカマドを二、三本植えたのだが、それであの美しい木立全体を台なしにしてしまった。そのことに気づく前に、ナナカマドは大きくなってしまって、今では夏の盛りに青空に赤い実をぶら下げるようになった。これをまた取り除いてしまうのは残酷だろう。けれど、アカシアだけの方がずっときれいで、しっくりしていただろうよ。そういったものがまだあちこちにたくさんあるのだ。木を植えてよい庭を作るのは容易ではない。一国を統治するのと同じくらいむずかしい。完全でないものも愛する決心をしなくてはならない。そうでないとあてがはずれるのだ。そういうことは私よりもおまえのほうがうまかったな。いいかね、人間の自由意志というやっかいな問題を徹底的に研究しようと思うならば、庭作りに励まなくてはならない。それは単に、どんな灌木でも思ったように育つわけではないという理由からだけではない。決しておまえがその灌木をまったく自由に選んで植えたのではないことが何年も経ってからようやく分かることもあるからだ。ある無意識の願望、思い出、必然性がその背後に隠れているのだ。ナナカマドのときもそうだった。当時私はその姿や葉がアカシアに合うと思ったからナナカマドを選んだと思っていた。ずっと後になってはじめて、私がそれを買った植木屋でそれが生えていた場所を見て、祖父母の庭の片隅を思い出し、ただそのためにだけナナカマドの若木が欲しかったのだということがはっきり分かった。当時植木屋に行ったときにはまだ、ナナカマドを買おうなどとはぜんぜん思っていなかった。あそこではじめて、若木のあいだで突然おじいさんのことや子どもの頃の故郷が思い出されて、それでこれらの木を買ったのだ」

彼は静かに笑った。

「そうは言っても、あのなつかしい思い出を呼び覚ましたのが本当にナナカマドだったのかどうかさえ分からない。私はあの頃はそう解釈していた。が、それはまったく別のものだったのかもしれない。匂いとか、光の当たり方とか、何かあるもの、もしかしたら太陽にかかっていた風変わりな雲のせいだったのかもしれない。けれど、私はナナカマドのせいだと思った。そしてナナカマドは二十年来ここに生えて、大きくなってしまった」ハンスは、なつかしい、敬愛するその声に楽しく聞き入り、返事をすることは考えなかった。

「ところで」とハンスはおもむろに言った。「ぼくたちはたえず意識の底に沈んでしまった錯綜した記憶のなかから養分をとって生きたり感じたりしているのだとぼくも思います。多分ぼくたちが魂と呼んでいるものも、暗いひとつひとつの記憶の堆積した砂礫層のようなものなのでしょうね。ぼくは思想家じゃなく、そんなことを思いわずらう必要がないのを喜んでいます。けれどぼくが中を通りぬけてきて、ちょうど裏の砂利の広場に来て泉水を見たとき、突然昔の思い出に襲われました。パパがまだそのことを思い出せるかどうか分かりません。ぼくが五歳か六歳の頃で、中庭のニレの木のところで遊んでいました。ぼくがあんまり大声で騒いで邪魔をしたので、パパは私を呼んで、おとなしくするように、そうすれば珍しいものを見せてあげると、おっしゃいました。それからパパはキンレンカの大きな葉を一枚折りとって、それを泉水の桶の中に浸しました。そしてぼくは忘れることのできない驚きと恍惚の思いで、その大きな緑の葉がすっかり分厚い液体状の銀色に覆われるのを見たのです。ぼくは長いあいだ何度もこの不思議なことをやって遊び、そのたびに妙に満ち足りた、豊かな子どものよろこびを感じました。そして長いことこのような水の中のキンレンカの葉をこの世にあるもののうちで一番美しいものと思っていました」

老人は白髪頭を左右に振って、青ざめた山並みのかなたのまだ茶色や青みがかった赤い残照を受けている雲の群れを眺めた。老人はその方向を指し示した。ちょうど灰色の細長い雲がひとすじ地平線の上にたなびいて、まるで鳩の首のように無数の色調でにぶく光っていた。

「腰を下ろして」と老人は笑って言った。「おしゃべりをしよう。おまえは旅から帰ってきたのだ。腹がへっているだろう。それともワインを一杯飲みたいかね？　それにまだおまえは何も話していない。なにしろ半年ぶりだからな。で、おまえは、公務員のようなものになったわけか？」

「いや、違いますよ、パパ。政府公認建築士というのはただの肩書で、もちろんぼくは自営業を続けて、官職には就きません。でも一杯のワインはとても飲みたいですね。アルザスのワインはまだありますか？」

二人は家の中へ入って行った。すると帰郷した青年はいたるところで子ども時代と、故郷で過ごした頃の思い出の品に出迎えられた。食堂では大きな粘板岩のテーブルの上のクリスタルの瓶の中の淡黄色のワインが微かに光っていた。そこにハンスは腰を下ろして、ワインを一口飲み、くつろいでパンを一切れ手にとって食べた。彼の隣には白髪の老人でありながら特有の若々しさを見せている父親がにこにこしながらすわっていた。壁からはよく見慣れた絵が、オランダのカーネーションの花束や、イタリアの小さな黄金のマドンナ像などが彼を見守っていた。窓の飾り棚の上にはゼラニウムの鉢が置いてあった。半開きのハッチを通して隣の台所で女中が包丁でまな板の上で何かを切ったり刻んだりしている音が聞こえてきた。ハンスはすべてのものを感謝にみちた歓びをもって吸い込んだ。帰郷、なつかしい思い出の嵐、好きな部屋部屋、なじみ深い匂い、そして晴れやかな故郷の世界の真ん中の、彼の帰郷をよろこびつつ、それでもなお言葉少なく、落ち着いて、しっかりと、ひとり自分の内面世界にとどまっている老いた父を。

「それでアルベルトはどうしていますか？」と建築士は安楽いすの背にもたれかかりながら尋ねた。「よく会いますか？」

「いいや」とネアンダーはためらいがちに言った。「あれは、夕方よくママのところにすわっているよ。それにもちろん日曜日にはいつも食事に来る。あれと話をするのは少し面倒だよ。そんなことで、私は年とったなと思うよ。以前はよく長いこと話し合ったものだからな。あれの考えを知るのは、私には興味があった。あれは何といっても独特の頭脳の持ち主だからね。しかしあれの神話学は私にはますますなじめないものになるばかりだった。それは私のせいかもしれない。私は敬虔なこと以外には何も高く評価しないが、アルベルトはいつもすぐに独断的になってしまう。それがあれの場合は年とともに表面に出てきて、それはもう注目に値するよ。ママの一族はみんな敬虔なところがあった。ママ自身はそうではないがね。それをアルベルトが受け継いでいるのだ。おまえももちろん知っているだろう。あれは壁掛け用の聖書の箴言さえ書斎に掛けているよ。その他の点ではほんとに善良で、誠実な人間だ。私のこともとてもいたわってくれる。いったいおまえはあれと手紙のやりとりをしているのかね？」

「いいえ、手紙のやりとりはほんの稀です。誕生日などにね。それはそうと、兄はぼくから見るといつも、ママよりもずっとパパに似ていましたよ。外見もね」

「ほんとうかね？　それはそうかもしれない。あれが小さい子どもだった頃、誰もが、私にほんとに似ていると言ったものだ。けれど、おまえがママに似ているほどには、あれは私には似ていなかった。あれは現実の中でよりもむしろはるかに強く観念の中で生きているという点で、たしかに私の性質を受け継いでいる。あれがもっているらしい狂信への傾向だけは、私は自分がもっているとは思えない。これも思い違いかもしれないがね」

「いいえ、パパ、思い違いじゃありませんよ。パパはなんといっても自由です。私が自由について知っているかぎりのすべてを私はパパからもらったほどです。アルベルトはたぶんちょっとうるさ型で、ちょっと教師タイプなのでしょう。——アルベルトがよりにもよってギムナージウムの教師になる羽目になったのを、ぼくはいつもちょっと気味悪く思っていました。そしてパパ、パパは芸術家です。パパは完全に芸術家です。アルベルトの方が学識があって、賢いという意味ではなく、おお、そうじゃなくて、パパの場合は、考えをいつもひとつの形で、美しい、愛すべき形象で表現されます」

老いた父親は息子に向かって愛想よくうなずいた。「だが、おまえの兄さんはやっぱりよい趣味をもっているよ」と彼はほがらかに言った。「おまえはずいぶん努力しなくてはならないだろうよ、ハンス、おまえがいつかあれよりも美しい嫁を私のところへ連れてくるつもりならな」

「ああ、その努力ならよろこんでしますよ。けれどベティーが上品で、独特な魅力のある女性であることは確かです。残念ながら、彼女はなかなか分かりにくいところがあるのです。はじめのうちぼくは、あの人がいつも黙りがちで、うちとけないので、高慢な人だと思っていました。それは間違いでした。でも、いまだになじめないところがあります」

「それは大きな間違いだったな」と老人は温情をこめて言った。「あの人はその反対だ。はにかみやで、謙虚なんだよ。あの人があんなに美しくなかったら、あの人の性質はもっと分かりやすいだろうよ。あの人の本質は美しさのうしろに隠れているのだよ。それに彼女は子どもがないので、気がふさいでいるのだよ」

「そうですね。それは残念なことですね。でも、これからということもありますよ」

突然ハンスが跳び上がった。玄関の扉が開くのが聞こえたのである。うす暗い廊下で彼は帰ってきた母を驚かし、彼女の首に抱きついた。「ママ、ママ！」

背筋をしゃんと伸ばし、はつらつとして、母親はテーブルについていた。丈高いブロンズの石油ランプがおだやかな黄色い光を放って燃えていた。夕食は片づけられていた。ハンスはタバコに火をつけた。

「パパはきっとまた降りてきますよね？」と彼は尋ねた。彼の眼差しは、まゆをつり上げ、両手をずっと前方に伸ばして針に糸を通そうとしている母親の顔に満足そうに注がれていた。

糸を通してしまうと、彼女はハンスの方を向いて微笑んだが、すぐにまた物思わしげな顔をした。

「私はそうは思わないわ」と彼女は言って口をつぐみ、しばらくのあいだ縫いものをしたが、やがて仕事の手を休めて、テーブルにひじをついた。けれどハンスは母のすべての動作を、しっかりして真っすぐに背筋を伸ばした姿勢を、ほっそりした白い手を、袖口に細かいひだのついた淡い灰色の絹の服を眺めてよろこびを感じていた。

「パパのことをどう思った？」と母は不意に尋ねた。

「ああ、まったくいつもと同じですよ。とても元気そうでした。庭のバラのそばで会ったんです」

「そう、あの人は元気だわ。ただ前より物静かになってしまったの。そう思わなかった？　あんたたちどんな話をしたの？」

ハンスは考えた。母が何を言っているのかすぐわかった。

「パパはほんとにたくさんのことを話しましたよ。庭のこと、アカシアのこと、ナナカマドのことでした。パパがあんなに不思議なほど庭のすべてのものと緊密に結びついているのを、今日ほどはっきり感じたことはこれまで一度もありませんでした。それはまるでおとぎ話みたいで、パパはその中の魔法使いか神秘的な賢者みたいですね」

「それでパパはあなたにいろいろ尋ねたの？　試験のことや、仕事のことや、お友だちのことを？」

「いいえ、それは聞かれませんでした。でも、それはぼくも期待していませんでした。けれど、ぼくが帰ってきたのをよろこんでくれているのはわかりました。もちろんパパは自分の身近な問題に関係しないことにはこれまでもそれほど強く関心をもったことはありませんでしたからね。パパは自分でもそう言いました。ぼくたちはアルベルトのことを話したのです。するとパパは、アルベルトが現実の中でよりむしろ観念の世界に生きているという点でパパと同じようだと言ってました」

　母はうなずき、ランプの光を見つめた。

「その通りよ」と彼女は言い、言葉を探した。「それはいつもそうだったわ。でもその傾向がだんだんひどくなるばかりなのよ。パパは何か風変わりな、変わったところがあって、それはそれでいいんだけど。この数年来ひどく孤独になったの。パパはほとんど一日中庭か温室の中で過ごして、そこでは誰にも邪魔されたくないの。ときどき私は花のところで手伝ったり、一時間ほどそばにいることはできるけど、本当はパパはひとりっきりでいるのが一番好きなのよ。そしてパパは木を植えたり、花を切ったりしながら考えごとをしているの。それは、役人をやめてからずっとそうだったわ。でも以前はそのあと晩にはほとんどいつでも私たちはいっしょに過ごしたのよ。本を朗読し合ったり、手紙を口述して私に書き取らせたり、いっしょに楽器を弾いたり、チェスをしたこともあったわ。そういったことはみんな、だんだんとなくなってしまったの。わかるでしょ。それでときどき心配になるのよ。もうパパは毎日夕食が終わるとすぐに、たいていは上の書斎か、《中国の部屋》に入ってしまうの。それに一晩中温室の暗がりの中にすわっていたりすることも二、三度あったわ」

ハンスは母の手の上に自分の手を重ねた。

「それじゃママはいつも独りぼっちなんですか？」

「あら、そういうわけでもないわ。ときどきアルベルトとか、ほかの人たちが訪ねてくるしね。それにすることはいつでもたくさんあるからね。ただパパがそんなにひとりっきりで、世間から離れて考えごとにふけっているのを見るのがときどきつらくなるのよ。だってねえ、どうしてあの人がいつもあんなにひっそりと生きていられるのか、やっぱり私には分からないのよ。あの人が学者で、思索家だってことはもちろん知ってますよ。けれどあんなふうに世間を離れて生きていられるのが、ときどき私には悲しくて、ほとんど気味が悪くなるの。あの人は花を育ててるけど、それを誰かに見せたり、上げたりするわけじゃないのよ。そして考えごとをしても、それを人に伝えるわけでもないの」

「それはそんなに悪いことではありません」と息子はなだめるように言った。「人がパパの花壇を見てほめたりすると、パパがとてもよろこぶのを、ママも知ってるでしょう。パパは本当に芸術家、つまり詩人なんですよ。考えごとをしているときは、何もかも忘れてしまうんです。ぼくにはよく分かりますね。けれど、ママの言うことも分かります。ぼくたち、これからときどきパパを誘い出して、元気づけてあげましょうよ。そしてママ、ママもね。それにぼくはこれからずっと長いこと家に、ママのところにいるんですよ。この家はとても美しくて、快適で、心配ごとや面倒なことがあるなんて信じられないな！　いいですか、今日の夕方駅から歩いて来て、畑の中の道を通り、カシワの木と墓地のそばを通り過ぎたとき、そして遠くからうちのニレの木を見て、屋根と、それから生け垣と、階段と、玄関を見たとき、それからなつかしい、ひんやりとした匂いのする家の中に入ったとき、そしてリーザが出てきて、奥様はお出かけになりました、と言ったとき、ああ、ぼくはよろこびと感動のあまり、もう少しであの律義なおばさんに抱きついてしまうところでした！　それからぼくは庭のハクモクレンのそばにいたパパのところへこっそり行きました。するとヴェランダのそばのライラックの藪がぼくの髪をなでて、泉水が昔のままに快い響きを立てて、ぼくのいなかった年月のあいだずっと変わらずに古い水盤の中に流れ込んでいたのです。そのときパパは見晴らしのいい階段のそばに立っていました。それからぼくと握手して、ぼくが家から離れていたことなど全然なかったかのように、ハクモクレンの話をはじめたんです。そのとき、ぼくは初めて、すべてがなんと美しいことか、ぼく以上に美しい故郷をもっている者はこの世にいないと、はっきり悟ったのです。そしてパパはぼくとおしゃべりをしました。パパは何も尋ねなかったので、ぼくも考える必要はありませんでした。ぼくはとにかくパパのそばにいて、パパが静かな高貴な世界から話をするのに聞き入っていたのです。――そしてそのときぼくはわかっていました。あとでママが来る、そうすればいろいろな問題や心配ごとや日常生活のことは心を配ってもらえるんだと。ぼくがどんなにうれしかったか、とても言い表せません」

するると母は小声で笑った。彼女の淡青色の眼が暖かく輝き、かたくむすんでいた唇が微笑みでやわらかく、しなやかになると、彼女はこの息子の姉であるかと思われるほど息子にそっくりの顔になった。

「さて、もう少し甘いものが食べたいな」とハンスは陽気に言った。「ママが眼をつぶっていてくれれば、急いで食物貯蔵室へ行ってあのおいしいお菓子をもう一切れとってくるけど、いいですか？」

彼女は眼を閉じて、子どもの頃のハンスにこのような願いをかなえてやったときと同じ身振りでかすかにうなずいた。そこで彼は急いで台所へ入り、ロウソクを灯して、小皿をもって戻ってきた。

「お礼に、すばらしいことをお話ししますよ」と彼は食べながら言った。「つまり、ぼくはこの家でのらくら遊んで過ごすのではなく、仕事をするつもりだってことです。すばらしい仕事の計画があるんです」

「何か建てるの？　それじゃもう契約をしたわけ？」

「それはまだですが、おそらくそういうことになるかもしれません。それは懸賞の仕事で、その上まだ公示されていないものなんです。ある人がこっそり教えてくれたんです。わかりますか。それはよい兆しなんです。スイスのある町に銀行の建物をつくるんです」

「それはおめでとう、ハンス」

「ありがとう。でも一番よいことは、そこでは実際に洗練されたものをつくらなくてはならないことなんです。というのは、ぼくは一昨日急いでそこへ行って、本当に応募すべきかどうか見てきたのです。ねえ、いいですか。ある細い、静かな裏通りに簡素で上品なバロック様式の古い優雅な家ばかり並んでいて、そのあいだに美しい果樹園がひとつあって、とっても魅力的なんです。けれどこの果樹園はなくなります。そこにその建物が建てられることになっているからです。これ以上すばらしいことは考えられません。現代的な市街地の中に勝手に建物をひとつつけ足すのとはちょっと違いますからね」

「すてきね、ハンス！　でもきっと大変なんでしょうね」

「いいえ、簡単ですよ。まったく簡単なんです。百貨店ではなくて、銀行の建物ですから。古くから建っている美しい建物のあいだに、まったく上品に、きちんと収めればいいんですから。多分ぼくらはその通りの家並みより高いものを建てる必要はなく、いずれにしてもそれほど高いものは建てられません。ぼくはその建物を通りから少しひっこめて建てます。細長い小さな芝生の庭を隔ててね。それから建物の正面にはほんの少しそりをつけます。ひとつの思いつきですが。こんなふうなね——」

彼は手帳を取り出して熱心に図を描いた。母は立って、その上にかがみこみ、お気に入りの子どもとふたたび心がひとつになっているのを感じた。もう心配はない。この世になんの不調和もない。ハンスはここにいる。ハンスはうまくいっている。この子は幸福だ。

「なんてすばらしいの、私の坊や！　ねえ、あなたがはじめて美しい建物をつくりはじめる瞬間を、私はよく心に思い描いていたのよ。でも隣の家並みにそんなにちゃんと合わせなくてはならないなんて、あなたには面倒なことじゃないの？」

「ああ、それだからこそすばらしいんですよ！　こんなに節度のある、堅実な、大げさでないバロック建築、これは本当にすばらしいものです。ただまったく独創的なことだけを目指すような現代的建築様式は、ぼくには何とも言えないほど不快です！すべての家並みと通りが美しく、静かで、上品に見えたら、人びともみんな親切で愛想よくなるだろうと、ぼくはよく思うんですよ。けれど建築家の中のちっぽけな、厚かましい連中がどれもこれも、自分がまるでミケランジェロで、新しい時代の開始を告げなくてはならぬかのようにふるまってもよかったら、一軒の家にはほとんど窓がなく、その隣の家は全部ガラス張りであるとしたら、石材や、木材や、鉄や、セラミックスや、モザイクなどすべてをごちゃまぜにするとしたら、誰も他の者を上位の切り札で負かそうとばかりするならば、世界が正常でありうるはずがないでしょう。ぼくたちは友人仲間でそれを競争建築術と呼んでいます。——ぼくはもちろん、建築家としてどこまで進歩するか、望んでいるような建物をつくることに成功するかどうか分かりませんけど。でも、ぼくがいったん建築するに当たって着想をもち、独創的であろうとすれば、遠くから人の眼を射るような派手な独創性であってはなりません。けばけばしい建築物ほどこの世の中で不快でいやなものはありませんよ」

彼は、母が彼の熱弁を聞いて微笑みを浮かべているのに気づいて、笑いながら話を中断した。

「そういうわけで、ぼくはぼくのバロック様式の建物をできるかぎりうまくつくりますよ。見苦しいものにはなりません。それは約束できます。パパだってきっと設計図ができたら賛成してくれますよ。パパは、ぼくが探して見つけられる限りで一番厳しい審判者ですよ。ただぼくは条件が公示されるまで、仕事をはじめるのを待たなくてはなりません。そうでないと、結局銀行の人たちの役に立たないものをつくったりして、はじめてのすばらしい創造のよろこびが台なしになってしまうことになりかねませんから。そういうわけで、まずしばらくのあいだは休暇ということです！　ぼくはもう一度子ども時代のようにこの家でママやパパといっしょに、誰も招かず、招かれたりしないで過ごしたいんです。そしてここがどんなにすばらしいかを感じるほかはまったく何もしたくないんです」

大時計が十時を打った。そこでネアンダー夫人は、息子が何回となく見たように、縫い物道具をまとめてしまい、眼鏡を革のケースに入れ、高い戸棚の扉に鍵をかけ、ホールの暖炉の飾り棚の上に燭台が用意されているかどうか調べた。それから玄関の扉の鍵が閉めてあるかどうか見るようにとハンスに頼み、彼に、おやすみと言った。「床に就くんですよ」と彼女は注意した。「あなたの部屋にみんな用意してあるからね。私たちはいまだに昔ながらの不便なランプとロウソクの明かりを使っているのよ。お父さんが家に電気を入れたがらないの」

彼女は二つの燭台に火を灯した。質素な真鍮製のを自分用に、三本の太いロウソクを立てた銀製の来客用の燭台をハンスのために灯し、ランプの火を消した。

ハンスはまだ眠ることができなかった。うきうきして彼は石の曲がり階段を上って行って、あちこちに昔なじみのなつかしいもの、枠に入った絵や、丈高い大きな花瓶や、キラキラ光るドアの把手や、高い壁の棚に並んでいる錫の容器などが、ロウソクの明かりの中で彼を歓迎するかのように輝いているのを見た。彼の部屋の中はスミレの匂いがした。開け放たれた窓の外にはニレの木の太い枝が黒々とそそり立っていた。

彼はまだ開けていないトランクの隣のテーブルの上に燭台を置き、ゆっくりと部屋の中を歩きまわった。そこは彼があれほど多くの日々を、少年時代、青年時代、そして大学時代の休暇を過ごした部屋で、本の列、粘土のモデル、蝶のコレクション、空気銃、学校時代の旅行のさまざまな写真でいっぱいのファイル、ゲーテの胸像、ベートーヴェンのデスマスク、楽譜戸棚、ギターなどすべてが、おなじみの、昔のままの状態で並んでいた。

暖かく満ちあふれる薄暗がりの中で彼は注意深くあたりを見まわした。おお、家に電気を引こうとしなかった父はなんと正しかったことだろう！　まさにこの時刻にこの上もなくやさしく見えるものは、もしも廊下や階段の暗がりを通ることがなければ、金属やガラスに反射してたわむれるささやかなロウソクの光がなかったら、高い燭台の三本のロウソクの暖かな、穏やかな光がなかったら、すべて消えてしまうであろう。

この点で、つまり物の繊細な肌と表面への愛という点で、すべての眼に見えるものの、光の、色彩の魅力に対する感覚において、自分がどんなに父親と似ているかということにハンスは気がついた。トランクの真鍮の留め金が光を反射する様子、丈高い暖炉の屈折した影が部屋の壁と天井へ逃げて行く様子、それは彼にとって好ましく魅力的なものであり、それは彼を元気づけ、刺激し、いろいろな思いを呼び覚ました。思いというよりはむしろ、世界が生きていること、「物」のもつ静かで、強靭な生命によって呼び起こされる魅惑的で、余韻にみちた感情、もしもそれがなかったら自分は生きていられないであろうと思われるほどのすばらしい、しんみりとした、こまやかな感情を呼び覚ました。

このようにときおり我を忘れて物を観照する性質を、この、あらゆる物が生命をもつということを感じ取る能力を、その生きている物の中で人間が生きているという意識がしばしば一種不当なもののように、一種非情なもののように、一種罪のようにさえ感じる気持ちを、父は、ハンスと同じように、ハンスが知っているほかのどんな人物よりもたくさんもっていた。その贖《あがな》うことのできない罪は、贖えるとすればただされまざまな物に対してより深い愛を感じることによってのみ、孤独と無常を感じるつかの間の素早く消え去る戦慄によってのみ、その瞬間ごとに贖えるにすぎないように思われた。

部屋の窓の隣のテラスに足音がしたので、彼は驚いて立ち上がった。ハンスは窓辺へ走り寄った。そこでは、父が書斎から出てきて、青ざめた夜の闇の中で、手すりにからんだまだ葉の出ていないフジの蔓の間にたたずんでひと休みしながら、頭をまっすぐ伸ばしてニレの暗い樹冠の中を見上げていた。

ハンスは父の邪魔をしたくなかった。父が孤独な思索から戻ってきて、習慣に従って一日の終わりに汚れのない自然のひとかけらを、光景を、匂いを、音を探して心をしずめ、それを眠りの中へ、夢の中へもってゆこうとしているのを知っていたからである。

けれど、母との会話の余韻と、この老いた、もの静かな父に対して忽然と沸き上がってきた愛情に、彼は打ち負かされた。そこで彼は、昔のように窓ごしに父のところへ行った。

「こんばんは、パパ」と用心深く言った。

老人はふり向いた。

「こんばんは、ハンス。満足しているか？」

ハンスは父のやせているが、妙に力強い手を握った。

「いつも独りぼっちですね、パパ」

老人は頭を振って微笑んだ。「それは思い違いだ、ハンス。私は孤独ではない。そういうのは若いうちだけだ」

「でも、きっとママは晩にはよくパパを待っていると思いますよ」

「そう思うかね？　それを思い出させてくれたのはよいことだ」

ネアンダーは息子の手を放して二、三歩先へ進んで立ち止まり、戻ってきて言った。

「若いころにはな、ハンス、たびたび孤独を感じるのだ。そして孤独でいるのはよくないと思うのだ。だから友を求め、恋をし、家族や祖国を見つける。それは本当によいことだ。それで世界は繁栄するのだから。だが、充分年をとるとな、心はそれには満足しなくなる。年をとると今度は友情や愛や祖国は、私らをほかのものから分離し、私らを全体からへだてる一枚の殻のような役目をするにすぎなくなる。年をとると、私らは全体とひとつになろうとする。この全体とは神なのだ。——おまえは中国の話を読んだことはないのか?」

「ないと思います。ありません。なぜですか?」

「理由はどうでもよい。その中国の話には、同じ人物がいろいろな姿になってくりかえしくりかえし出てくるのだよ。その人物は青年時代に両親の意志にしたがってある職業を修得する。彼は成人して結婚し、家族の世話をする。その上彼は祖国を愛し、とりわけ先祖と子孫のことを考えるようになる。彼は勤勉に働き、有用な人間になり、国家を導く仕事に参与することになる。けれども結局、老成の時代に、彼はあいかわらず孤独であり、すべてを我欲からしてきたことにすぎないことを認識して、彼はある夜、自分の家、畑、妻、部下、職務、書物などを捨てて、姿を消す。彼の時が来たのだ。彼は山にこもって、露と花びらだけを食べて生き、彼に付着していた殻をすべて脱ぎ捨てる。それから彼は不死のものたちの仲間入りをする」

それからまた父は静かに二、三歩あるきまわった。彼の白髪は夜の闇の中でほのかに光った。それから彼はもう一度ハンスと握手をした。

「よくおやすみ、ハンス。おまえはいつかこの中国の本を読んでよろこびを得ることがあるだろう。そこにはよいことが書いてある。それと、晩年のゲーテ、すっかり年をとってからのゲーテの作品は、私が今あらゆる本の中で最も愛するものだ。だがおまえにはまだ時間がある。まだたくさんの時間がある。おまえは今、どうにかヴェルター[1]の時期を過ぎて、修行時代[2]のあたりだろう」

そう言って父は立ち去った。父が開けた書斎のドアから光が洪水のように流れ出て、父の姿のまわりにあふれた。その後すぐに暗くなって、ハンスは父が寝室に入って行く音を聞いた。

生暖かい雨がしとしとと降る静かな灰色の日が続いた後に、南風が湿った空にめまぐるしく雲を駆り立て、煤のように黒い影と、目を刺すような白い日光が交替し、いらだたしく重なりもつれ合う雲の層のあいだにおだやかな島のような、あこがれにみちた春の青空がのぞく日が来た。黒々と濡れた土の中に、肉太でつややかに、赤くむっちりしたチューリップの芽が凝然と環状に列をなして生えていた。

ハンスは温室の中で父のそばに立っていた。半分開け放たれたたくさんのガラス窓を通して、しっとりと湿った、かなり冷たい風が流れ込んできた。外国の植物のある温室だけがまだしっかりと閉められていた。園丁はさまざまな容器に入っている土を篩でふるって混ぜ合わせ、それをたくさんの小さな鉢に入れた。そして老いたネアンダーは、どの鉢にもやさしく指で押さえつけながら小さな苗を植えつけた。窓や、バルコニーの胸壁やテラスに置く夏の草花である。風の強い日のあわただしく動く雲の影のためにおちつかない光が、斜めのガラスの屋根越しに射し込んでいた。

「ぼくはいつもあの話を考えてしまいます」とハンスが言った。「先夜話して下さった中国の話です」

ネアンダーは答えなかった。彼はていねいに一本の植物の根もとの黒い土をしっかりと押さえつけた。

「彼らが当時花びらを食べて生きていたと、本当に信じているんですか?」

父はもう一本の新しい植物を手に取った。

「わからないね」と父は言った。「それは大切なことではないと思うよ。私の思い違いかもしれないがね。私は中国人ではない。そして私は、山にこもって不死の人びとの仲間になった人たちの境地にはぜんぜん達していない。私らにはきっと彼らよりもむずかしいことなのだ。それに不死の人びとについては私らはまだ何も知らないのも同然だ。私らの時代はあの時代とは違う。私らは残念ながら神を信じない。私らはそのためにいつか破滅するだろう。けれど私らは自然についていろいろなことを研究した、そして世界はそれでもまだすっかり貧しくなっていないことを知った。私らは神は信じないが、レントゲン光線のような秘密をいくつか知っているわけだ。そういったものが突然私らのすでに知っている世界に穴を開けて、一切のものが私らの知っている神話よりもはるかに不思議なものであることを示してくれるのだ。私らは昔より貧しくなったのではない。違う。その逆に豊かになるのが少し早すぎたのだ。だから私らには肝心なものが欠けているのだ」

　彼は小さな植木鉢を高く持ち上げて、苗がちゃんとまっすぐに立っているかどうかを調べた。

「肝心なものっていったい何でしょう？」とハンスはためらいがちに尋ねた。

「素朴さだ」と父は短くきっぱりと言った。それからやや軽い調子でつけ加えた。

「新約聖書ではそれは、アインファルト（Einfalt）[3]という言葉で書かれている」

　ひとつの影がさし込んだ。一番近くの開いた窓から茶色の眼の美しい女性の顔がのぞき込んだ。

「ハンスはここなのね」とベティーがあいそうよく言った。「あなたは昨日私たちが散歩に行っていた留守に訪ねてきたのね。こんにちは、ハンス。こんにちは、パパ」

彼女は吊り下げた鉢の植物の垂れ下がった蔓の下を少し背をかがめながら中へ入って来て、二人と握手をした。

「アルベルトはとても残念がっていたわ。それで私たち今晩ここへ来ることにしたの」

ハンスは、淡褐色の服を着て濡れた踏み板の上に立っているベティーを好奇心をもって見つめた。彼女の髪の毛が、うなじからぴったりと梳き上げられた黒い髪の毛がまたしてもハンスの眼についた。彼は、歌麿やその他の日本の名匠たちの有名な浮世絵について、専門家たちが特に髪の生えぎわの規則正しい繊細な美しさをほめていたのを思い出した。彼自身もそのような版画を一枚もっていた。そして今それと同じような完璧な美しさをベティーの髪の生えぎわで確認してひそかに愉快に思った。

「でも私は邪魔ですね、パパ」と彼女は素早く言った。「すぐ行きますから」

「それならハンスを連れて行っておくれ」とネアンダーは言った。「ハンスはしゃべりすぎる。私はここでまだ仕事をしなくてはならん」

「もうちょっとだけいさせて下さい」とハンスが頼んだ。「この小さな、元気のいい苗が並んで鉢に生えている様子はとてもかわいいですね。見てごらんなさい、ベティー」

こうして二人は、父が丹精込めて仕事をしているあいだしばらくそばに立って、父の訓練を積んだ器用な指と、ぎっしり詰まった苗箱から取り出されて突然一本ずつばらばらにされて、新しい場所に不安と驚きの表情で立っている小さな植物を眺めていた。

「植物たちはこわがっているみたいね」とベティーが言った。

老人はうなずいた。

「そうだとも」

それからベティーは上着のボタンをはめながら、濡れた踏み板の上をハンスの先に立って外へ出た。

「ごきげんいかが、お義姉様《ねえ》？」と二人が外へ出たときハンスは尋ねた。

彼女はその軽い調子には応じなかった。

「ありがとう、元気です」と彼女はまじめに答えた。「あなたに会えてよかったわ。あなたにお話ししたいことがあるの」

彼を見上げたとき、ベティーが少し顔を赤らめたのに彼は気づいた。そして彼女の眼の上と小鼻に、見覚えのある、以前はどうにもがまんできなかったあの特有の表情を見た。それが高慢のしるしのように思われたからである。けれど今、その表情は、ベティーが自分の気おくれを克服しようとしているときの緊張の表現以外の何ものでもないことを彼はついぞなかったほどはっきりと感じ取った。

何も言わずに彼は、うながすように、元気づけるように、それまで決して彼女に対して抱いたことのなかった信頼の心をこめて彼女の眼をのぞき込んだ。

ベティーの気おくれは、このときはじめて彼にとってはもうわずらわしくも不快でもなく、その無邪気な魅力のために好ましく、涙ぐましいものでさえあった。

彼女が、まなざしと態度からすぐに彼の好意と善意を感じとったことは、ハンスにはすぐに分かった。そして二人はこの瞬間にお互いに似た性質をもち、理解し助け合うように定められていることを感じとった。彼女のおどおどした遠慮深さは消え、彼の、学生風にからかい半分に彼女を扱ういつもの悪い癖はなくなった。

家の方へ行くかわりに、ベティーは小さな森に向かって果樹を植えた斜面の方へ曲がった。森のほとりの灌木はもう芽吹いて淡いみどり色にほんのり光っていた。

「アルベルトのことなの」と彼女は前よりものびのびとした声で話しはじめた。「前よりも頻繁にアルベルトを訪ねてやってほしいなどとあなたにお願いしようとは思ってないわ。けれどご存知のように、あの人は気難しくて感じやすくて、もしかしたら、あの人がいつも心に隠して言わないことがあの人の考えていることのうちで一番よいことかもしれないのよ。はっきり言わせてね！　アルベルトはあなたよりずっと気難しくて、あなたほどオープンでも、ほがらかでもないわ。あの人は今の境遇を苦労して手に入れたのよ。あなたは学校時代から何でもあの人より簡単にできたわ。あの人はそのことでは悩んでいないでしょうけど、やはりそれを感じているのよ。それにあの人は、パパともうこだわりのない親密な関係がもてなくなったのを本気に苦しんでいるわ」

　ハンスは黙ってうなずいた。彼は、彼女がまだほかのことを言いたがっているのを感じ取った。森の中で二人は立ち止まった。

「私わからないの、ハンス。こんなことをお話しするのを、あなたが適当と思うかどうか。こんな話はもちろんあなたには何も新しいことではないわ。けれどこれを私が誰かほかの人のせいにしたがっているなんて思わないでね。もし誰かに責任があるとしたら、それは私だけにあるのよ」

「あなたに？」とハンスは驚いて叫んだ。

「そうよ。アルベルトの生活をもっと愉しく、楽なものにするのは私の役目でしょう。それなのに、私自信がなくて、不器用でしょう。あの人は本当はもっと何でも簡単に考えて、深刻にとらえない人を自分のそばにもつべきなのよ。私はあの人がどんなに子どもを欲しがっていたか知っているわ。この失望もあの人の心を重くしているの。あの人は本当は、よく人からそう思われるような人じゃないのよ。あの人はまたパパの性質をたくさん受け継いでいるわ。けれど、悩みと苦しみがつのって、それを圧倒してしまったのよ」

「兄さんはあなたがいてくれることをよろこぶべきですよ」とハンスは叫びたかった。が、それがどんなに愚かしく響くかを感じとった。そこで彼はただこう言った。「あなたはそんなによく兄さんのことを気づかってるんですね」

それは彼女が聞きたかったことではなかった。いつものしぐさで彼女は拒絶するように頭を高く伸ばして、まゆをつり上げた。

「いったいぼくはどうすればいいんですか?」とハンスはしょげて言った。

すぐに彼女はまた頭を垂れた。

「わからないわ。ただあなたにそれを知っておいてもらいたかったの」それから少し間を置いて言った。「あなたに助けていただけるようにね」

この言葉を聞いたとき、まるで小さな子どもの手が信頼の心を込めて彼の手の中にさし込まれたかのような感じがした。彼はうれしそうに微笑み、深く考えずに言った。

「わかったよ、ベティー。もちろんあなたを助けますよ」

ハンスにつき添われて、彼女は畑の中の道を選んで進んだ。ハンスは町外れの市街電車の駅まで送って行った。二人は軽く握手をかわしただけであったけれど、ひとつの体験を共にしたのであった。二人は友だちになったのである。

夕方、彼女はアルベルトといっしょにやって来た。二人はテーブルでハンスの向かい側の席についた。ハンスは兄を新たな関心をもって観察した。アルベルトは三十歳を少し過ぎたばかりなのに、その外見にはもう若々しいところが全然なかった。額のしわと、すでにかすかに色の変わりはじめた鬢に、彼のひ弱な神経と、彼の性質にとっては楽なものではない職業の痕跡が現れていた。けれど今日の彼は機嫌がよく、口数が多くて、まずまずほがらかな方であった。弟はまた、アルベルトがぎこちなく、窮屈そうに椅子にすわり、たえず姿勢を変える昔ながらの癖を観察した。

ハンスはまた、会話が自分の期待に反して好ましくない方向へ発展するたびに感じはじめる苦痛を鎮めようとでもするように、アルベルトがこめかみを左の手のひらでなでるあの仕草を、最初の口論のときにすぐさま眼にして、また軽い不快感をもった。この仕草はとくにハンスが感じやすい少年のころに不快に思ったものであり、そのために彼にとってこの理解できない兄がときどき本当に嫌になった。このこめかみをなでる仕草は、アルベルトが自分の平安への不当な攻撃を非難しているかのように、そして彼の苦痛の責任をその攻撃者に負わせるかのような印象を与えた。ハンスは今はそれを微笑んで見ていたけれど、昔この仕草に対して抱いた反発の後味はやはり彼の心の中に残っていた。

ハンスはそのほかにもまた、両親からそれぞれの固有の特徴を受け継いで、それを誇張したアルベルトの特異な顔を注意深く観察した。とりわけ、父親の顔では、微笑するときにこの上もなく好ましい精神性を表す、軽くからかうような懐疑の表情が、アルベルトの場合にはほとんど醜悪なまでになるのであった。アルベルトはまた父から鼻と耳を受け継いでいた。ただ特に彼の鼻翼は著しく隆起していて、そのため落着きのない、傷つきやすい性質をあらわしていた。まったく母親ゆずりの形と色をもつ淡青色の眼は、この顔のうちで最も美しいものではあったけれど、この顔にはまったくそぐわなかった。

ハンスは兄とは友人になれないと思えば思うほど、それだけいっそう彼のことを寛大に考え、アルベルトの顔に見られる両親の顔の特徴から強い印象を受ければ受けるほど、自分を兄と結びつける血の秘密をいっそう不思議なものと思った。

夕食のあとハンスは、兄嫁に何か歌ってほしいと頼んだ。ネアンダーはそれを聞くか聞かぬうちに、その願いを熱心に支持した。ネアンダーの願いをベティーは決して断わったことはなかった。

「よろこんで」と彼女は言った。「何をお望みですか、お父さん?」

ベティーはネアンダーがある決まった曲をもう一度聴きたいと望んでいるときにだけ音楽を所望することを知っていた。

「みんなが承知してくれるなら」と老人はていねいに言った。「あなたがこの冬一度歌ってくれたヘンデルのアリア、クウェル・フィオーレ、ケ・リーデ[4]をお願いしたい」

「楽譜がありません」とベティーはためらいがちに言った。「暗譜で歌って、自分で伴奏しなくてはなりません。それにみなさんがお聴きになるのはほんの断片です。それは二人のソプラノ歌手のためのデュエットで、私がそれをソロで歌うために、二つの声のメロディーからあちこちをとってつなぎ合わせて、すこし変えて歌うので、本当は乱暴なことなのです」

「歌っておくれ」とアルベルトが叫んだ。

彼女はピアノの前に、小さな、古風なグランドピアノの前にすわって、低い音で伴奏を拾い集めた。そして彼女は老人を見つめ、それから自分の前を見下ろして、軽やかな、澄んだ乙女の声で、清らかに、正確に、「早朝に笑い、夕方までしか生きない花の歌」を歌った。

夜明けに笑うあの花は
それから太陽に殺されて
はや日暮れには墓に入る

そして人生もひとつの花
朝焼けの中に滅びをもち
ただ一日で春を失う

「何とすばらしい！」とハンスがしばらくして言った。「それに誰も知らない歌ですね。いったいどこでこれを見つけたんですか？」
「旅行中です。私はベルンへ行きました。そして散歩に出て、夕方古い大聖堂の前で人びとが中へ入って行くのを見て、そこでオルガンコンサートがあると聞きました。そこで二人の女性歌手がオルガンの伴奏で歌うのを聴いたんです。——まだ何かお望みですか、パパ？」

「ありがとう。もう充分だと思うよ。もうたくさんの音楽を一度に聴く力のない老人を我慢しておくれ。それはそうと、——あえて言わせてもらえば、この歌は二度目に聴いてみると、やはり少々失望させられた。メロディーもテクストもそうだが、耳に快く響くけれど、独創的でない」

「それは厳しいなあ」とハンスは元気よく叫んだ。「あらゆるすてきな小曲がどれも、同時にひとつの啓示であるというわけにはいきませんよ」

ネアンダーは淡青色の眼を輝かせた。

「ハンス、おまえの意見はおそらく正しい。けれど、芸術というものがある人にとって年とともに不必要なものになりうるということはまったく不思議なことだ。昔私がそれなしに生きられようとは思えなかった無数の楽曲や絵画や文学作品が、今ではまったくどうでもよくなってしまったのだ。私には、ゆくゆくは芸術で私が必要とするのは、ただ一冊の本と、ただひとつの曲だけでいいということになると思う」

「ぼくはそれが知りたいですね」とアルベルトが批判的な口調で言った。

「その本の名は言いたくないね」と老人はきっぱりと言葉を続けた。「だが音楽作品はもうわかっている」

アルベルトは父を物問いたげに見つめた。ほかの者たちも期待にみちて見つめた。

「それはバッハのアクトゥス・トゥラギクスだ。[5] ——しかし、こう言っているあいだにもうひとつの最高の曲を思い出した。それはモーツァルトのアヴェ・ヴェルム・コルプスだ。[6] この二つに優る音楽はない」

「でもそれはやはり不当だと思います」とハンスは考え込みながら言った。「まったく同じように、ケルビーノのアリア、〈ヴォイ・ケ・サペーテ〉[7]や同じランクのほかの作品を二十も挙げることができるはずでしょう」

ネアンダーは彼の白い髭をなでた。そして彼の優しい眼差しはまずベティーに向かい、それから彼女の高く結い上げた黒く輝く髪の上をすべって、あてどなく遠くをさまよった。

「それは認めるよ」と彼はゆっくりとうなずいた。「それは私の感傷だった。私らはたえず自分が一度好きになったものにしがみついて、しがみついていることを忠実と考えるけれど、それは怠惰にすぎない。——もちろん、アクトゥス・トゥラギクスなしでも、モーツァルトなしでも、同じようなほかのものがすべてなくても生きて行くことができなくてはならない。そもそも芸術がなくても生きて行くことができなくてはならない。芸術は私らと世界の心臓とのあいだの薄い、そして敏感な膜なのだ。そしてこの薄い膜をもっている方が、甲冑をもっているよりもよいに決まっている。

――しかし世界の心臓に完全に入り込むためには、この最も繊細な膜さえも結局突き破らなくてはならないのだ」

彼は少しばかり遠視の眼で笑った。

（一九一四年）

（この断片はここで終わっている）

(1)ヴェルター＝ゲーテの書簡体の小説『若きヴェルターの悩み』(一七七四)。初期の最も有名な作品。ハンスの人生の発展段階をゲーテの作品になぞらえたのである。

(2)修行時代＝ゲーテの長編小説『ヴィルヘルム・マイスターの修行時代』(一七九六)。中期の代表作のひとつ。

(3)Einfalt＝「素朴さ」と訳した言葉は、Einfachheit(単純、簡素、素朴)であるが、これが新約聖書では"Einfalt"(単純、素朴、純真)と表現されている、という意味。ちなみに日本聖書協会の新約聖書(一九五四年、改訳一九八五年発行)では、「神の神聖と真実によって」、「キリストに対する純情と貞操」、「真心をこめて」などと訳されている。

(4)クウェル・フィオーレ、ケ・リーデ＝Quel fiore, che ride(笑うあの花)、正確には、"Quel fiore, che all'alba ride"(夜明けに笑うあの花)。二八八頁の歌。ゲオルク・フリードリヒ・ヘンデル(一六八五―一七五九)のアリア。通奏低音付イタリア語三重唱曲(ここでベティーが歌うパートは二重唱)。なお、同じ題名の、楽器伴奏付カンタータ(一七四二)もある。

(5)アクトゥス・トゥラギクス＝Actus Tragicus(哀悼行事)。ヨハン・セバスチアン・バッハ（一六八五―一七五〇）の教会カンタータ"Gottes Zeit ist die allerbeste Zeit"「神の時は最高の時」、BWV 106.

(6)アヴェ・ヴェルム・コルプス＝Ave verum corpus（まことのおからだ）。ヴォルフガング・アマデーウス・モーツァルト（一七五六―九一）のモテト「イェルサレムに生まれたキリストよ」ニ長調K. 618.

(7)〈ヴォイ・ケ・サペーテ〉＝Voi che sapete. モーツァルトの『フィガロの結婚』の中でケルビーノが歌う有名なアリア『恋とはどんなものかしら』。

庭から見た「カーサ・ロッサ」(赤い家)。この家にヘッセとニノン夫人は1931年から1962年まで住んだ。グンダー・ペーマーによる油絵(1948年)。右頁上・下の写真も「カーサ・ロッサ」。下はヘッセと長男ブルーノ

イーリス、ヘッセ水彩画、1917年クリスマス

イーリス——童話

子ども時代の春、アンゼルムは緑の庭を歩きまわりました。お母さんの作っている花のひとつにイーリス[1]（アヤメ）があって、これは彼の特に好きな花でした。彼はその細長い薄緑色の葉に頬を押しあてたり、鋭い葉先を指でさすったり、大きいみごとな花の匂いを吸い込むようにかぎながら、長いあいだ中をのぞきこんだりしました。そこには淡い青みがかった外側の花弁の基部から奥にかけて黄色い指状のものが長い列をなして生えていて、そのあいだをひとすじの明るい道が、花弁を越えて下の方へ、花芯の中へ、この花のはるかな青い秘密の中へ通じていました。

アンゼルムはこの花がとても好きで、長いことのぞきこんでいました。するとその黄色い細い指の列が、あるときは王様の庭園の金色の垣根のように見え、あるときはどんな風が吹いてもびくともしない美しい夢の木の二列の並木のように見えました。そのあいだを明るい、ガラスのように透明な、みずみずしい細脈の通った秘密にみちた通路が内部に通じていました。そのそり返った花びらはとほうもなく伸び、黄金の木立のあいだの小道は、下の方へ、はてしなく深く、想像もできないような深淵の中に消えていました。

その上に紫色の花弁が壮麗に反り返って、静かに何かを待ち受けているような不思議なものの上にうっとりする淡い影を投げかけていました。アンゼルムは、これが花の口であることを、黄色い華麗な木立の奥の、青いのどの中に花の心や考えがあることを、そしてこの明るい、透きとおった、ガラスのような細脈のついた道を通って花の息や夢が出たり入ったりしていることを知っていました。

この大きな花のそばに、まだ開いていない小さなつぼみがいくつも立っていました。それらは鳶色がかった緑の薄膜でできた小さい外皮につつまれて、しっかりしたみずみずしい花茎の上にのっていました。この茎から淡緑色と藤色にしっかりつつまれて若い花が静かに力強く上に向かって伸びて、上の方では、きりっとしなやかに巻いた新鮮な濃い紫色が細く尖った先端をのぞかせていました。かたく巻きこまれたこの若い花びらにも細脈と無数の条紋が現れていました。

朝になって、眠りと夢から覚めて、家から、別の世界からこの庭に帰ってくると、庭は何ごともなく、いつも新鮮な姿で彼を待っていました。そして昨日はかたくて青いつぼみの先端が緑の外皮にぴったりと巻かれて硬直していたところが、今は空気のように薄く、青く新しい花びらが、舌のように、あるいは唇のように垂れて、長いあいだ夢見てきた自分の形と丸みを探り求めていました。そしてまだ外皮とひそかな戦いをしていた一番下の方では、すでに細い黄色い並木や透明な細脈の通路や、はるかな、芳香を放つ魂の深淵ができあがっていることが予感されるのでした。

おそらく正午にはもう、あるいは夕方には花は開いて、金色の夢の並木の上に青い絹の天蓋をかざすでしょう。そして花の最初の夢や、思いや、歌が、ふしぎな深淵から静かにそよいでくるでしょう。

草の中に青いフウリンソウばかりが咲いている日がやってきました。また、突然新しい響きと香りが庭にあふれて、くまなく日に照らされた赤みがかった葉の上に、はじめて咲いたボタンイバラのやわらかい、赤みをおびた金色の花がぶら下がっている日もありました。そしてイーリスの花がひとつもない日もありました。金色の垣根にかこまれた道が芳香を放つ秘密の中へやさしく通じていたイーリスの花の時期は過ぎてしまい、かたい葉だけが尖って冷ややかに、よそよそしく立っているばかりでした。けれども赤いイチゴが茂みの中で熟れ、ウシノシタグサの花の上に見たこともない珍しいチョウが自在にたわむれながら飛び交い、背中が真珠母色に輝く赤茶色の、ガラスのような羽をもつスカシバがブンブンうなりながら飛んでいました。

アンゼルムは蝶とも小石とも話をしました。甲虫やトカゲとも友だちになりました。

小鳥たちは彼に小鳥の話を聞かせ、シダ植物は巨大な葉の屋根裏に集めた茶色い胞子をこっそりと見せてくれました。緑色や水晶のように透明なガラスのかけらは、太陽の光を捕らえて、宮殿になったり、庭園になったり、きらめく宝物館になったりしてくれました。ユリが終われればキンレンカが咲き、ボタンイバラがしぼめばキイチゴが黄色に熟れるというように、すべてが移り変わりました。

たえず現れては去り、消えてはまた季節が来れば現れました。そして風が冷たくモミの木の中で騒ぎ立て、庭じゅうの枯れた葉が色あせ、生気を失ってカサカサと鳴る不安な、奇妙な日も、なおひとつの歌や、ひとつの体験や、ひとつの物語をもたらしてくれました。ついにそれらが全部消え失せると、窓の外には雪が降り、窓ガラスに氷のシュロの林が育ち、銀の鈴をもった天使が夕暮れの中を飛びまわり、廊下も屋根裏も乾燥した果物の匂いがするようになりました。

こうしてどんなときも、この幸せな世界での交友関係や信頼関係が消えることは決してありませんでした。そしてある日、思いがけずマツユキソウがまた黒いキズタの葉のそばでふたたび輝き、最初の小鳥たちが新しい青空を高く飛びはじめると、すべてが以前と変わらずそこにあったかのように思われました。そしてついにある日、まったく思いがけなく、けれどやはりそうなるのが当然のように、また願っていたように変わらぬ姿で、イーリスの花茎から最初の青みがかった花の先端がふたたび顔をのぞかせました。

何もかも美しかったのです。アンゼルムには何もかも好ましく、なれ親しんだ友でした。けれど少年にとっての年ごとの魔法と恵みの最大の瞬間は、まさにイーリスの花がはじめて咲くときでした。ごく幼い子どものころの夢の中で、いつか、少年はイーリスの花冠の中で、はじめて不思議な本を読みました。この花の香りとその風に揺れる幾種類もの青色をした花びらは、少年にとって創造の呼びかけであり、秘密を解く鍵でした。

こうしてイーリスは少年とともに彼の無邪気な時代を過ごし、夏が来るたびに、新たに一段と秘密にみちて、一段と感動的なものとなりました。ほかの花にも口があり、ほかの花も芳香と考えを送り出し、ほかの花もミツバチや甲虫を彼らの小さな甘い部屋に誘いこみました。けれどこの少年にとって青いイーリスは、ほかのどんな花にもまして愛らしく、大切なものとなりました。

その花は彼にとって思索に値するすべてのもの、驚嘆に値するすべてのものの象徴となり、手本となったのです。少年がその花の花芯をのぞき込んで、物思いに沈みながらこの明るい夢幻的な小路を、黄色い不思議な灌木のあいだをしだいに暗くなって行く花の内部へとたどっていくとき、少年の魂は現象が謎となり、見ることが予感となる世界に通じる門の中をのぞいたのでした。

少年は夜ときどきこの花冠の夢を見ました。その花弁が天上の宮殿の門のように自分の前にとほうもなく大きく開かれているのが見え、少年は馬に乗ったり、白鳥に乗って飛んだりしてその中へ入って行きました。すると少年といっしょに世界全体も魔法に引かれて、飛んだり、馬に乗ったり、滑ったりして、静かに門を通ってこの恵み深い深淵の中に入り、下りて来たのです。そこではどんな期待もかならず成就され、どんな予感もかならず実現されるはずでした。

地上の現象はどれも比喩なのです。どんな比喩もひとつの開かれた門で、魂は、その心構えがあれば、その門を通って、きみもぼくも昼も夜もすべてのものが一体となる世界の内部へ入って行くことができるのです。どんな人間も自分の人生の途上のここかしこでその開かれた門につきあたります。どんな人間も、一度は目に見えるものはすべて象徴であり、その象徴の奥に精神と永遠の生命があるという考えにおそわれることがあります。もちろんこの門を通って行き、美しい仮象を放棄して門の奥の、予感された現実を獲得する人はわずかしかありません。

こうしてアンゼルム少年にとってこのイーリスの花は、彼にさし出された無言の問いであると同時に、その中に彼を幸せにする答えがかくされているという予感が高まるのでした。それからふたたびいろいろな魅力的な事物が、草や、石や、木の根や、藪や、動物など彼をとりまく世界のあらゆる友だちとの会話や遊びへと彼をつれ去ったのです。

少年は自分の体の観察に熱中することがよくありました。自分の体の奇妙な現象に心を奪われてすわったまま、目を閉じて、飲み込んだり歌ったり呼吸をしたりするときに、不思議な運動や、感覚や、思いを口の中や喉に感じました。そしてそこでも彼はひとつの魂と魂が通い合う小道や門を探り求めました。目を閉じたとき、しばしば紫色の暗がりの中から現れてくる意味深いさまざまな色をした形を少年は驚嘆しながら観察しました。それは青や深紅の斑点や半円で、そのあいだにガラスのように透き通った線が何本もまじっていました。

ときどきアンゼルムは、目と耳、嗅覚と触覚のあいだに微妙な、無数の関連があることを感じて、うれしい驚きの興奮を覚えました。美しくはかない瞬間のことではありましたが、音響や音声や文字が、赤や青、硬さや柔らかさと類縁関係にあり、同じものであることを感じとることがありました。あるときは草や、はがされたみどりの樹皮の匂いをかいで、嗅覚と味覚が不思議なくらい密接につながっており、時としてお互いにまじりあい、ひとつになってしまうことに驚嘆しました。

子どもたちは、だれもが同じ強さや敏感さで感じるわけではないにせよ、たいていこのように感じるものです。そして大多数の子どもの場合、こうした感覚は、彼らがはじめて文字を習うようになる以前に、もう消えてしまい、そんなことは一度もなかったかのように忘れてしまうのです。また子どもたちのなかには、このような幼年時代の秘密が長い間残っていて、その名残と余韻を髪の毛が白くなるまで、疲れた晩年の日々までもち続けるひともあります。子どもたちは、この秘密の中にいるあいだは、みな、たえず心の中で自分にとってただひとつ大切なもの、つまり自分自身のことと、まわりの世界と自分との不思議な関連に心を集中しているのです。

探求者や賢者は、成熟するにつれてこのような心の集中へと戻って行きます。が、たいていの人は、このほんとうに大切なものである内面の世界をとうに忘れ、永遠に見捨ててしまっているのです。そして決して自分の魂の内奥に住まず、決して魂の内奥へ、故郷へ連れ戻してくれることのない、いろいろな心配ごとや望みや目標などのさまざまな迷路を生涯のあいださまようのです。

アンゼルムの幼年時代の夏と秋は、おだやかに来て気づかぬうちに去って行きました。マツユキソウ、スミレ、ニオイアラセイトウ、ユリ、ツルニチニチソウ、バラなどの花々が、くりかえしくりかえし、前の年に劣らず美しくゆたかに咲いてはしぼみました。アンゼルムはそれらとともに生きました。花や小鳥は彼に話しかけ、木や泉は彼の話に耳を傾けました。アンゼルムははじめて書いた文字や、最初の友情の悩みを、それまでと同じように、庭や、母や、花壇の色とりどりの石のところへもって行きました。

ある年の春がきました。が、その春はそれまでの春のような響きもなければ香りもありませんでした。ツグミは歌いましたが、昔ながらの歌ではありませんでした。青いイーリスの花は咲きましたが、どんな夢も、おとぎ話の登場人物たちもあの花弁の黄金の垣根に囲まれた小道を通って出入りすることはありませんでした。イチゴは緑の葉陰からこっそり笑い、蝶たちは高い散形花の上を輝きながらひらひら舞いましたが、すべてがもうそれまでとは違っていました。

そして別のことが少年の関心事となりました。少年はよくお母さんといさかいをしました。少年は、それがどうしてなのか、どうして何かに苦しめられたり、始終何かしら不安になったりするのか自分でもわかりませんでした。わかったことといえば、ただ世界が変わってしまったこと、それまでの時代の友人たちが彼から離れ、自分が孤独になってしまったことだけでした。

こうして一年が過ぎ、また一年が過ぎました。アンゼルムはもう子どもではありませんでした。花壇のまわりの色とりどりの石は退屈なものとなり、草花も何も言わなくなりました。彼は甲虫を針で刺して標本箱に入れました。彼の魂は長く苦しいまわり道にふみこみ、昔のよろこびは涸れて、干からびてしまいました。

青年は、今ようやく始まったように思われた生活の中へがむしゃらに突進しました。寓話の世界は吹き散らされ、忘れられて、いくつもの新しい望みと道が彼を誘い出しました。子ども時代のおもかげはまだ霞のように彼の青い瞳や、やわらかな髪の毛に名残をとどめていましたが、彼はそれを思い出させられるのを好まず、髪を短く切ってしまい、できるかぎり大胆で、世慣れた目つきをしました。この不安な、待ち望む幾年かを彼は気まぐれに走り抜けました。あるときはよい生徒であり友であり、あるときは孤独で引っ込み思案となり、あるときは夜おそくまで書物にうずもれて過ごし、あるときははじめての青年の宴会で荒々しく騒ぎ立てました。

彼は故郷を離れなくてはなりませんでした。故郷に再会するのはほんの稀になり、すっかり変わって、成人して、あか抜けた服装をして母のもとへ帰るときの、短い滞在のときだけになりました。彼は友人を連れてきたり、本をもってきたり、来るたびに違ったものをもってきました。昔なつかしい庭を歩いても、庭は小さく思われ、彼のうわの空のまなざしには何も語りかけてはくれませんでした。彼はもう、さまざまな色の石や木の葉の脈から物語を読み取ることもなくなり、青いイーリスの花の秘密の中に住んでいる神や永遠を見ることもなくなってしまいました。

アンゼルムは高校生になり、大学生になりました。彼は、はじめは赤い帽子をかぶって、それから黄色い帽子をかぶって故郷へ帰って来ました。唇の上にうぶ毛を生やして、それから若々しい髭を生やして帰って来ました。彼は外国語の書物をもってきたり、あるときは犬を連れて来たりしました。胸に下げた革の紙挟みには、あるときは自作の秘密の詩が、あるときは古代の格言の写しが、あるときはかわいい少女の写真と手紙が入れてありました。

彼はまた帰省しました。遠い異国に行って、大きな船で海上を旅したあとでした。彼はまた帰省しました。若い学者になっていました。黒い帽子をかぶり、黒っぽい手袋をはめていました。昔なじみの隣人たちは彼に会うと帽子を脱ぎ、実はまだそうではないのに、彼を教授と呼びました。彼はまた帰って来ました。そして黒い喪服を着て、ゆっくりと進む馬車のあとから、ほっそりとした身体で、厳粛な面持ちで歩んで行きました。馬車には彼の老いた母が花で飾られた柩に納められて横たわっておりました。そしてそれからはもう彼はめったに帰って来ませんでした。

アンゼルムは今では大都市で学生を教え、有名な学者として通っていましたが、世間の人たちとまったく同じようにあるときは真剣な顔つきで、あるときは打ちとけたようすで歩いたり、散歩をしたり、すわったり、立ったりしていました。そして上等の服を着て、上等の帽子をかぶり、熱のこもった、そしてときには少し疲れた眼つきをしていました。彼はなりたいと望んでいたような紳士になり、学者になりました。ところがまた幼年時代の終わり頃に経験したのと同じような経験をすることになりました。

彼は突然長い年月が流れ去ってしまったこと、自分がたえず望み求めてきた世界のまっただ中にいながら、妙に孤独で、みたされない思いをしていることに気づきました。大学教授であることに、本当の幸福を感じることはできなくなりました。町の人びとや学生たちからうやうやしく挨拶されることにも完全には満足できませんでした。何もかも生気を失い、ほこりをかぶったように思われました。幸せはまたもやはるかな未来に遠のき、そこへ行く道は暑く、ほこりっぽく、平凡なものに見えました。

その頃アンゼルムはある友人の家をしばしば訪ねました。その友人の姉に心ひかれたからです。彼はそのときはもう、単純に美しい顔だけを追いかけるようなことはしなくなっていました。この点でも彼は変わりました。彼は、自分の幸福は特別な形で現れるはずで、そこいら辺のどんな窓のうしろにでもころがっているようなものではないことを感じとっていました。

友人の姉を彼はとても気に入りました。彼はしばしば、本当に彼女を愛していると確信しました。ところが彼女は一種独特の少女で、彼女の一挙一動、一言一句は個性的な色あいと特徴があって、彼女の考えにつきあい、彼女と歩調を合わせるのはかならずしも容易なことではありませんでした。アンゼルムはときどき彼の寂しい住まいの中を歩きまわって、物思いに沈みながらがらんとした部屋にひびく自分の足音に耳を傾けるとき、その女友だちのことで自分の心としきりに戦いました。彼女は、自分の妻に望むには年をとりすぎていたのです。それに彼女はとてもわがままで、彼女と生活を共にしながら自分の学者としての名誉心を満足させてゆくのはむずかしいことでしょう。なにしろ彼女はそんなことには耳を貸そうとしなかったのですから。

それに彼女はたいして強くも健康でもなく、とくに社交やパーティーに耐えることができませんでした。彼女は、できれば花と音楽と何か一冊の本などとともにひっそりと静かに引きこもって暮らし、誰かが訪ねてくるのを待ち、世の中のことは成り行きまかせでした。ときどき彼女は、非常にデリケートで感じやすくなり、なじみのないものにはすべて苦痛を感じ、すぐに泣き出してしまうのでした。そうかと思うと、彼女は静かに優雅に自分だけが知っている幸せの中にひたっていました。それを見た人は、この美しい風変わりな女性に、何かを与えたり、大切だと思わせることがどんなにむずかしいかを感じるのでした。

アンゼルムはしばしば彼女が自分を愛してくれていると思いました。しばしば彼女は誰も愛しておらず、ただすべてのものに対して優しく、親切なだけで、自分をそっとしておいてほしいということのほかは世界に何も要求していないようにも思われました。けれど彼の方は、自分の生活に対して、彼女の求めるものとは別のものを求めていました。彼が妻をもつとしたら、家の中には活気とにぎやかさと客の歓待が必要でした。

「イーリス」と彼は彼女に言いました。「いとしいイーリス、この世がもっと違う状態ならいいのにね！　花と思想と音楽のある、美しい、おだやかなあなたの世界だけしかこの世になければ、私は生涯あなたのそばにいて、あなたの話を聞き、あなたの思いの中でいっしょに生きることのほか、何も望まないでしょう。あなたの名を聞くだけでもう私の心は楽しくなります。イーリスというのはすばらしい名前だ。私はその名を聞いて何か思い出しそうな気がしますが、それが何なのかわからないのです」

「あなたはご存じよ」と彼女が言いました。「青色に黄のまじったアヤメがイーリスという名前だということを」

「そうです」と彼は胸をしめつけられるような思いで言いました。「それはよくわかっているんです。それだけでもう充分にすばらしい。けれど私があなたの名を口にするたびに、その名は何かわからないのですが、もっと別のことを、私に思い出させようとするのです。その名は私の心の奥底の、遠い昔の重大な思い出と結びついているような気がするのですが、その思い出が何なのかわからず、思い出すこともできないのです」


途方にくれてたたずみ、手で額をこすっている彼に、イーリスは微笑みかけた。

「私もいつもそうなのよ」と彼女は小鳥のようにかろやかな声でアンゼルムに言いました。「ある花の匂いをかぐときにね。そのたびに私の心は、この匂いは、昔いつか私のものだったのに、失ってしまったこの上もなく美しく貴重なものの思い出と結びついているのだと思うのです。音楽でもそうだし、詩でもよくそういうことがあるわ。――そんなとき、ほんの一瞬間、失ってしまった故郷が不意に足もとの谷間に現れたかのように、突然何かがパッと閃いて、すぐにまた消えて、忘れ去られてしまうんです。ねえ、アンゼルム、私たちはこの目的のために、失ってしまったはるかな過去のメロディーにこのように思いをひそめ、探し、耳を澄ますために、この世に生きているのだと私は思うのよ。そしてそのメロディーの向こう側に私たちの本当の故郷があるのだと思うの」

「あなたは何とうまく表現するのだろう」とアンゼルムはお世辞を言いましたが、胸の底に隠された羅針盤の針が逆らいようもなくはるかな目的地を指し示したかのように、ほとんど胸がうずくような感動を覚えました。しかし、その目的地は、彼が自分の人生に望んでいたものとはまったく違ったもので、それが彼を悲しませました。美しいおとぎ話のあとを追って、夢の中で一生を台なしにしてしまうことが、一体彼にふさわしいことなのでしょうか？

そうするうちに、ある日がやって来ました。その日アンゼルム氏は孤独な旅から帰って来て、殺風景な学者の住まいをひどく寒々と陰惨に感じたので、彼は友人の家へ走って行って、美しいイーリスに求婚したいと思いました。

「イーリス」と彼は彼女に向かって言いました。「私はこれから先ずっとこんなふうに生きて行くことはできません。あなたはずっと私のよい友だちでした。それで何もかもお話しせずにはいられません。私はどうしても妻が必要です。そうでないと私の生活は空虚で、何の意味もないような気がするのです。そしてあなたのほかに、愛する花であるあなたのほかに、いったい誰を妻として望むべきでしょう？　妻になって下さいますか、イーリス？　あなたに花をあげましょう。見つかるかぎりたくさんの花を、そしてどこにもないほど美しい庭をあげましょう。私のところへ来て下さいますか？」

イーリスは長いこと静かに彼の眼を見つめていましたが、微笑みも浮かべず、顔も赤らめず、しっかりした声で答えました。

「アンゼルム、私はあなたのお尋ねに驚いてはおりません。あなたの奥さんになることなど一度も考えたことがありませんが、私はあなたが好きです。でもねえ、アンゼルム、私は、私を妻にする人に対して大きな要求をもっています。ほとんどたいていの女性がもっているよりも大きな要求をもっています。あなたは、花を下さるとおっしゃいます。そのお申し出はよいことですわ。けれど、私は花がなくても生きて行けます。音楽がなくてもね。やむをえなければ、そういったすべてのものだけでなく、そのほかたくさんのものがなくても生きて行けます。でも、ひとつのものだけは、どうしてもなくては困りますし、それをあきらめようとは思いません。私は、心の中の音楽を最も大切なものとしないでは、ただの一日も生きることができません。私がひとりの男性といっしょに生活することになれば、その人の内面の音楽と私の音楽が美しく、精確に調和するような人でなくてはなりません。また、その人の心の音楽が清らかで、私の音楽とよく共鳴することがその人の望みでなくてはなりません。あなたにそれができますか、アンゼルム？　そうなればあなたはこれ以上有名にはなれないでしょうし、名誉を得ることもないでしょう。あなたの家は静かになるでしょう。そして私が何年も前からお見かけしてきたあなたの額のしわも全部消えてしまうにちがいありません。ああ、アンゼルム、そんなわけにはいかないでしょう。ねえ、あなたはいつも研究生活のために新しく額にしわをつくり、次々に新たな心配事を見つけ出さないではいられない人です。私の考えることや、ありのままの私をあなたは愛して下さって、かわいいと思って下さるでしょう。けれど、それはあなたにとっては、ほかの人たちの場合と同じように、高価な玩具にすぎないのです。ああ、よく聞いて下さい。今あなたにとっては玩具にすぎないものが私にとっては生命そのものなのです。それは実はあなたにとってもそうでなくてはならないんです。あなたが努力や心労をそそいでいらっしゃるすべてのものが、私には玩具にすぎず、人はそんなもののために生きる価値はないと、私は判断しています。——私はもう変わることはありません。アンゼルム、私は私の心の中の掟に従って生きているのですから。でもあなたは変わることができるでしょうか？　私があなたの奥さんになるためには、あなたにすっかり変わっていただかなくてはならないのです」

弱くて気まぐれだとばかり思っていた彼女の意志におどろいて、アンゼルムは言葉を失いました。彼は黙ったまま、テーブルからとったひとつの花を興奮した手の中で無意識に押しつぶしてしまいました。

すると、イーリスはその花をそっと彼の手からとりました。――それは厳しい非難のように彼の心にこたえました――そして突然彼女は、まるで思いがけなく暗闇の中から出る一筋の道をみつけたかのように、晴れやかに、愛情をこめて笑いました。

「ひとつ考えがあります」と彼女は小声で言って、顔を赤らめました。「この考えを奇妙だとお思いになるかもしれません。気まぐれな思いつきのように思われるでしょう。でも、決して気まぐれな思いつきではありません。聞いていただけますか？　そしてその考えがあなたと私の運命を決定することを、受け入れて下さいますか？」

彼女の言うことが理解できず、アンゼルムは青ざめた顔に不安の表情を浮かべて、彼女を見つめました。が、彼女の微笑みを見ると、彼女を信じて、承知の返事をしないではいられませんでした。

「あなたにひとつ課題を出したいと思います」とイーリスは言って、すぐにまた真剣な顔つきをしました。

「そうして下さい。あなたにはそうする権利があります」と彼は柔順に言いました。

「私は真剣です」と彼女は言いました。「そしてこれは私の最後の言葉です。私が申し上げることをそのまま受け入れて下さいますか？　そしてそれがすぐにはお解りにならなくても、条件をつけたり、かけ引きをしたりしませんか？」

アンゼルムは約束しました。すると彼女は立ち上がって、彼に手を与えて言いました。

「あなたは、私の名前を口に出すたびに、昔あなたにとって大切で神聖だったもので、今では忘れてしまったものを思い出すような気がすると、たびたびおっしゃいましたね。それはひとつのしるしです、アンゼルム。それがこの何年ものあいだあなたを私のところへ引きつけていたのです。私もまた、あなたがあなたの心の中の大切で神聖なものをなくして忘れてしまったのだと思います。そしてあなたがひとつの幸せを見つけ、定められた目標に到達するためには、まずそれを思い出さなくてはならないのだと思います。――さようなら、アンゼルム！　私はもうお別れします。そしてお願いします。私の名前があなたに思い出させるものを、もう一度あなたの記憶の中で見つけ出せるように、探しに行って下さい。あなたがそれを見つけだした日に、私はあなたの妻となり、あなたの望みのままにどこへでも参りましょう。そしてあなたの望まれることのほかは、何も望みますまい」

混乱したアンゼルムは、あわてて彼女の言葉をさえぎり、この要求をただの気まぐれだと非難しようとしました。けれど、彼女の澄んだ瞳は彼に約束を思い出すようにうながしました。それで彼は口をつぐみました。そして眼を伏せたまま彼女の手をとって、唇に押し当てて、出て行きました。

彼は生涯のあいだにさまざまな課題と取り組んで解決してきました。けれどこの課題ほど風変わりで、しかも彼にとって重要であると同時に意気を阻喪させるものはほかにありませんでした。来る日も来る日も彼は歩きまわって、へとへとになるまで思い出そうと努力しました。そして絶望して、腹を立てて、こんな課題は女特有の気違いじみた思いつきだとののしり、心の中では投げ捨ててしまったことも何度かありました。けれどそのたびに、彼の心の奥深くで何かが、とてもかすかな、ひそかな痛みが、まったく弱々しい、聞こえるか聞こえないかの警告が、それに反対するのでした。彼自身の心の中のこのかすかな声は、イーリスの言葉に賛成し、彼女と同じ要求をするのでした。

けれどこの課題は、学者である彼にとってはあまりにもむずかしすぎました。とうの昔に忘れてしまったものを思い出せというのですから。彼は埋没した歳月のクモの巣からたった一本の黄金の糸をふたたび見つけださなくてはならなかったのです。彼が両手に捕らえて愛する人にさし出さなくてはならないものは、風に吹き消された小鳥のひと声や、ある音楽を聴いたときの一抹のよろこびや悲しみにほかならず、ひとつの思いよりも淡く、はかなく、実体のないもので、夜ごとの夢よりもむなしく、朝の霧よりもとらえどころのないものでした。

すっかり弱気になって何もかも投げ出し、まったく不機嫌になってあきらめてしまうことがたびたびありましたが、そんなとき思いがけなく遠い庭からの息吹のようなものが吹いてきました。彼はイーリスの名を十回も、それ以上も、張りつめた弦で音を試し弾きするように、小声で、戯れるようにつぶやきました。「イーリス」と彼はささやきました。「イーリス」と。すると、古い見捨てられた家の中で、何のきっかけもなくひとつの扉が開き、そしてひとつの鎧戸がきしるように、心の中で何かが動く気配を感じて、胸がかすかに痛みました。

彼は、ちゃんと整理して心にしまってあると思っていた思い出を調べてみました。すると、不思議な、思いがけないことを発見したのです。彼が蓄えた思い出は、それまで考えていたよりずっとわずかなものでした。過去をふり返って見ると、まるごと欠けている歳月が数多くあり、何も書かれていない頁のように空白のままでした。母の面影をはっきり思い浮かべようとすると、大変な苦労がいることがわかりました。

少年時代に丸一年ものあいだ情熱的に愛を求めて追いかけた少女が何という名前であったか、完全に忘れてしまっていました。むかし学生時代にふとした気まぐれから買い求めてしばらくのあいだ生活を共にした犬のことを思い出しましたが、その犬の名前を思い出すのに数日かかるというありさまでした。

この哀れな男は、自分の人生が流れ去って、背後に虚しく横たわっているのを見て苦痛を感じ、悲しみと不安が増すばかりでした。それはもう自分のものではなく、なじみのないもので、自分とは何のかかわりもない、かつて暗記して覚えたことの中から苦労してやっと味気ない断片を拾い集めたようなものでした。

彼は書くことをはじめました。一年、また一年とさかのぼって、自分のもっとも大切な体験を書きとめて、もう一度しっかりと掌中につかもうとしたのです。けれど彼の最も大切な体験はどこにあったのでしょう？　教授であった時代にでしょうか？　博士時代にでしょうか、生徒時代にでしょうか、大学生時代にでしょうか？　それともいつか忘れてしまった昔、あの少女この少女がしばらくのあいだ彼の心をとらえたことででしょうか？　彼は愕然として眼を上げました。これが人生だったのか？　これがすべてなのか？　彼は自分の額をたたいて、無理に笑いました。

そのうちに時が流れ去りました。時間がこれほど早く、容赦なく流れ去ったことはついぞありませんでした！　一年が過ぎました。彼は、自分がまだイーリスと別れたときに立っていたのとまったく同じ場所に立っているような気がしました。けれど、そのあいだに彼はすっかり変わっていました。それは彼以外の誰もが気づき、知っていたことでした。彼は以前よりも若くなったと同時に、年をとりました。知人から見ると彼はほとんど別人になってしまいました。人びとは、彼をぼんやりした、気まぐれな、風変わりな人だと思いました。彼は変人だという噂がたち、残念なことだが、そうなったのもあまり長く独身でいたせいだと言われました。

彼は自分の職務を忘れ、学生たちに待ちぼうけをくわせたこともありました。物思いに沈んで、ある通りの家の壁伝いに、よれよれの上着で窓敷居のほこりをこすりながら歩いて行ったこともありました。彼が酒を飲みはじめた、という人もありました。またあるときは、学生たちの前で講義をしている最中に中断して、何かを思い出そうとし、それまで誰も見たことがなかったような子どものような、見る者の心を打つような微笑みを浮かべ、それからまた多くの人の心にしみる暖かさと感動を込めた調子で講義を続けるということもありました。

遠い昔の香りと風に吹き消された痕跡を求めての、この希望のないさすらいは、彼自身はまったく気づかなかったものの、もうだいぶ以前から、ある新しい意味をもつようになっていました。彼がそれまで思い出と呼んでいたものの背後に、また別の思い出があるということに、たびたび気づくようになってきたのです。

それはちょうど古い壁に描かれた古い壁画の下に、それよりももっと古い絵が塗りこめられて隠れて眠っていることがよくあるようなものでした。彼は何かを思い出そうとしました。たとえばあるとき旅行者として数日滞在したことのある町の名前とか、ある友人の誕生日とか、そういったものです。そしてそのために彼の人生の瓦礫の山のような過去の一時期を掘り起こしたり、かきまわしたりしていると、不意にまったく別のことを思い出すのでした。

ひとつの息吹が、四月の朝風のように、あるいは九月の霧の日のように吹きよせてきました。彼はある匂いをかいだり、味を味わったり、肌とか、眼とか、心臓とか、どこかしらに、説明のできない、ほのかな感覚を感じるのでした。むかし、青く晴れて暖かい日とか、冷たく曇った日とか、あるいは何かほかの天気の日があったはずで、このような日の実体も彼の心にひっかかって、おぼろげな記憶に残ったに違いないという気がしてくるのでした。

彼は、春の日だとか、冬の日だとかありありと匂いをかいだり、感じとったりすることはできましたが、それを実際の過去の中にふたたび見つけだすことはできませんでした。それらには名前も数字もなく、学生時代のことのようでもあり、まだゆりかごの中にいたころのことのようでもありましたが、その匂いは実際にありました。そして彼は何であるかわからない、名づけることも定義することもできない何かが、自分の中に生きているのを感じました。ときどき彼はこのような思い出は自分の現世の存在を超えて前世の存在にまでさかのぼることができるものかもしれない、とさえ思いました。ただ本気にそのように考えたわけではありませんでした。

記憶の深淵をとほうに暮れてさすらっているあいだに、アンゼルムは多くのものを発見しました。彼の心をとらえて感動させ、驚かせ、不安にさせた多くのことを見つけました。けれど、ただひとつ、イーリスという名前が彼にとって意味するものだけは見つかりませんでした。

それを見つけられない苦しみの中で、あるとき彼は自分のなつかしい故郷を訪ねました。森や、路地や、小道や、生け垣に再会し、幼年時代に遊んだなつかしい庭に立ちました。すると大波が心にみなぎりあふれるのを感じ、過去が夢のように彼を包みました。悲しい思いで、しょんぼりと彼はそこから帰ってきました。彼は病気だと言って、訪ねてくる人にはみな帰ってもらいました。

それでもひとりの人だけは彼のところに来ました。それは、彼がイーリスに求婚してから会っていなかったあの友人でした。その友人はやって来て、アンゼルムがうらぶれてわびしい住まいにすわっているのを見たのでした。「立ち上がるんだ」と友はアンゼルムに言いました。「ぼくといっしょに来てくれ。イーリスがきみに会いたいと言っている」

アンゼルムは飛び上がりました。

「イーリスだって！　彼女がどうかしたのか？　──ああ、わかった、わかった！」「そうだ」と友は言いました。「いっしょに来てくれ！　イーリスは死にかかっている。ずっと前から病気で寝ていたんだ」

ふたりはイーリスのところへ行きました。彼女は子供のように軽く、瘦せ細って寝椅子の上に横になっていました。そして大きくなった眼をみはって明るく微笑みました。彼女はアンゼルムに子どものような白い手をさしのべました。その手は花のように彼の手の中におさまりました。彼女の顔は神々しく輝いていました。

「アンゼルム」と彼女は言いました。「私のことを怒っていますか？　あなたにむずかしい課題を出しましたから。あなたがいつもそれに忠実に生きて来られたことを私は知っています。もっと探して、目的地に着くまでその道を進んで下さい！　あなたはそれを私のためだと思っていらっしゃるけれど、それはあなたのためなのよ。おわかりですか」

「そんな予感はありました」とアンゼルムは言いました。「そして今はもうはっきりわかっています。長い道です、イーリス。ずっと前から私は引き返したいと思っていました。けれど私はもう帰り道が見つかりません。私は自分がどうなるのかわからないんです」

イーリスはアンゼルムの悲しそうな眼をのぞきこんで、慰めるように明るく微笑みました。アンゼルムは彼女の痩せた手の上に身をかがめて、長いこと泣いたので、その手が彼の涙で濡れてしまいました。

「あなたがどうなるか」と彼女は彼の思い出の中から響いてくるにすぎないような声で言いました。「あなたがどうなるかを尋ねてはいけません。あなたはあなたの人生の中でいろいろなものを捜し求めました。あなたは名誉や、幸せや、知識を求めました。そして私を求めました。あなたの小さなイーリスを。それらはみんな美しい絵姿にすぎませんでした。それらは、今私があなたとお別れしなくてはならないように、あなたから別れて行きました。私の場合もそうでした。私はいつも求めました。そして見つけたものはいつも美しく好ましい絵姿でした。そしてそれらは何度も消えたりしぼんだりしました。今私はもうどんな絵姿も知りません。私はもう何も求めません。

私はもう故郷へ帰るところです。ほんのもう一歩踏み出しさえすれば故郷に着くのです。あなたもそこへいらっしゃるでしょう、アンゼルム。そうすればあなたの額のしわもすっかりなくなります」

彼女の顔がひどく蒼ざめていたので、アンゼルムは絶望的に叫びました。

「おお、すこし待っておくれ、イーリス、まだ行ってはいけない！　あなたを私が失ってしまわないように、しるしをひとつ残しておくれ！」

彼女はうなずいて、かたわらのグラスに手を伸ばし、一本の開いたばかりの青いアヤメの花を彼にさし出しました。

「さあ、私の花、イーリスをあげましょう。そして私を忘れないで。私を探して下さい。イーリスを探して下さい。そうすればあなたは私のところへ来られるでしょう」

泣きながらアンゼルムは花を両手にとって、泣きながら別れを告げました。友人が彼のところへ使者をよこしたとき、彼はふたたびやって来て、イーリスの柩を花で飾り、埋葬するのを手伝いました。

それから彼は過去の生活ときっぱり決別しました。これまでのような生活をそのまま続けることはとても不可能に思われたからです。彼はすべてを放棄し、町も官職も捨てて、広い世間の中にまぎれこんでしまいました。彼の姿はあちこちで見かけられ、突然故郷に現れて、古い庭の垣根にもたれていたこともありましたが、人びとが彼のことを尋ねたり、彼の面倒をみようとしたりすると、立ち去って、姿を消してしまうのでした。

彼はアヤメの花を愛し続けました。どこででも咲いているのを見かけるたびに、その上にかがみこむのでした。そして長い間そのうてなを夢中になってのぞき込んでいると、その青みがかった底から過去と未来に存在したすべてのものの匂いと予感が吹きよせてくるように思われるのでした。けれど望みは成就されなかったので、最後には悲しくなって歩き続けました。それはまるで半ば開かれたドアのところで聞き耳を立て、そのドアの向こう側で最も愛する秘密が息づいているのを聞いて、今こそすべてが明らかになり、一切の望みが実現されるにちがいないと思ったときに、ドアがバタンと閉まって、世間の風が冷ややかに孤独な彼の上を吹き過ぎるようなものでした。

夢の中では母が彼に語りかけました。母の姿と顔をこんなにはっきりと、間近に感じたことは、長い年月のあいだ一度もありませんでした。そしてイーリスが彼に語りかけました。そして彼が目覚めたとき、何か余韻が残っているので、イーリスが何を語ったのかをまる一日中かかって思い出そうとしました。彼は住所不定で、見知らぬ土地をさすらい、家の中で眠ったり、森で眠ったり、パンを食べたり、イチゴを食べたり、ワインを飲んだり、茂みの葉から露を飲んだりしましたが、そんなことは何も意識していませんでした。彼は多くの人に馬鹿者と言われ、多くの人に魔法使いと言われ、多くの人に恐れられ、多くの人に笑われ、多くの人に愛されました。以前にはできなかったことですが、彼は子どもたちの仲間に入って、彼らの奇妙な遊びに加わり、折れた枝や小石と話をすることを覚えました。冬も夏も彼のかたわらを通り過ぎ、彼は花のうてなをのぞきこんだり、川や湖をのぞきこんだりしました。

「絵姿だ」と彼はときおりつぶやきました。「すべて絵姿にすぎない」けれど彼は、心の中に絵姿ではないひとつの実体を感じていました。彼はそれについて行きました。その心の中の実体はときおり話をすることもできました。その声はイーリスの声であり、母の声でもありました。慰めであり、希望でもありました。

奇跡を体験することもありましたが、彼はそれらを不思議だとは思いませんでした。このようなある日、彼は雪の降る冬の谷間を通って行きました。彼の髭にはツララができていました。すると雪の中に尖ってすらりとした一本のイーリスが生えていて、美しい花をたったひとつ咲かせていました。彼はその上にかがみ込んで微笑みかけました。そのとき、彼にはあのイーリスがいつもくりかえし思い出させようとしたものがわかったからです。彼は幼いころの夢をふたたびはっきりと見ました。そして金色の柱のあいだに明るい細脈の通った淡青色の道が花の秘密へ、心臓へと通じているのを見たのです。そしてそこに彼が探し求めてきたもの、もう絵姿ではない実体があることを知ったのです。

さまざまな思いが一度に押し寄せてきました。彼は夢たちに導かれて、一軒の小屋に着きました。そこには子どもたちがいて、彼にミルクをくれました。彼は子どもたちと遊びました。子どもたちは彼にいろいろな物語をして聞かせ、森の中の炭焼きのところにひとつの奇跡が起こったことを話しました。そこへ行くと、千年に一度しか開かない霊界の門が開いているのが見えるということでした。彼はその話をよく聞いて、この愛らしい絵姿たちに会釈して別れ、歩き続けて行きました。一羽の小鳥が彼の行く手のハンノキの茂みで歌っていました。それは死んだイーリスの声のような、不思議な、甘い声でした。その小鳥に彼はついて行きました。小鳥は飛んだり跳ねたりして、小川を越え、森の奥深くへ入って行きました。

小鳥が歌をやめて声も聞こえず、姿も見えなくなると、アンゼルムは立ち止まって、あたりを見まわしました。彼は森の中の深い谷間に立っていました。大きな緑の葉の下をかすかな音を立ててせせらぎが流れていました。そのほかはすべてが静まりかえり、何かを待ちうけているようでした。けれど彼の胸の中では小鳥が愛らしい声で鳴きつづけ、彼をうながして先へと進ませました。彼はとうとうひとつの岩壁の前に立ちました。岩壁は苔に覆われて、その真ん中に割れ目がひとつ口を開けていました。それは細く、狭く、森の奥へ通じていました。

割れ目の前に一人の老人がすわっていて、アンゼルムがやってくるのを見ると、立ち上がって叫びました。「帰れ、おまえさん、帰りなさい！　これは霊界の門だ。この中へ入った者で、帰って来た者は一人もいないのだ」

アンゼルムは眼を上げて、この岩の門の中をのぞきました。すると一筋の青い小道が森の中へ消えて、道の両側に金色の柱がぎっしり立ち並んでいるのが見えました。その小道は巨大な花のうてなの中へ沈んで行くように、内部の奥深くへと降りていっていました。

彼の胸の中で小鳥がほがらかにさえずりました。アンゼルムは番人のそばを通り過ぎて、割れ目の中に踏み込み、黄金色の柱の列のあいだを通って奥深く青い秘密の中へ入って行きました。彼が入って行ったのは、イーリスの心臓の中でした。そして彼が漂うように入って行った青いうてなは、母の庭のアヤメの花でした。こうして彼が静かに黄金色の薄明に向かって進んで行くと、ありとあらゆる思い出と知識が一挙に彼によみがえりました。彼は自分の手を感じました。それは小さく、やわらかでした。

彼が愛した人びとの声が間近に響き、親しげに彼の耳に聞こえました。それは、昔、子ども時代の春に聞こえたように響きました。黄金の柱の列も、当時輝いたように輝いていました。

少年時代に見たあの夢もよみがえりました。彼がアヤメの花の中へ降りて行き、その後から絵姿の全世界がいっしょに滑り降り、すべての絵姿のかなたにある秘密の中に沈んで行くあの夢です。

アンゼルムは小声で歌いはじめました。彼の進む小道は静かに故郷へ沈んで行きました。

（一九一八年）

（1）イーリス＝独名 Schwertlilie（剣百合）。学名 *Iris*（イリス）。これをドイツ語では「イーリス」と発音する。この作品の種類を特定することはできないが、紫か青のジャーマン・アイリス（ドイツアヤメ）の一種と思われる。
この作品は妻ミア（マーリアの愛称）に捧げられた。

夕方はいつもそのように……——童話断片

誰からも好かれていたハンサムな青年アレクサンダーは、快適な庭つきの家に住んでいました。それを彼は父親から相続したのです。その家には、眼には見えないけれど、彼といっしょに幸せそのものも住んでいるようでした。昔日曜日ごとに、小さな群をつくって歌ったり、笑ったりしながら、彼の庭の緑の生け垣のところを通って散歩に行く少女たちのうちで、一番美しい少女を彼は家に招き入れ、そのまま彼のところにいてもらいました。彼の最愛のその人は美しく、彼の息子は丈夫で、庭の生け垣に咲くバラは赤く、彼のミツバチの蜜はとても甘い味がしました。

毎朝アレクサンダーは目を覚ますと、すぐに庭へ行き、裸足でまず露に濡れた草の中を通り、それから日の当たった砂利道を歩きまわり、そして空模様や、小鳥たちや草花の様子を見ることにしていました。太陽と草花は彼の時計で、彼に正確に時刻を告げ、雲とミツバチは彼に天気を予告し、小鳥たちは彼に季節と世界の日々の出来ごとを話してくれました。小鳥たちの世界では、歴史は素早く進行しました。小鳥たちは素早く成長し、彼らの世界では愛する相手がすぐに見つかり、彼らの棲み家は手早く作られました。それで一羽の小鳥が年をとって、おじいさんになり、その一生が完結しても、人間にとってはわずか一年がたったにすぎないのでした。多くの草花の一生も素早いものでした。彼女らの小さな燃える生命は急速に頂点に達し、急速に衰えました。木々の成長の具合から、小鳥やミツバチやマルハナバチの歌やしぐさから、アレクサンダーは毎日世の中の状況と季節を知りました。しばらくのあいだじっとたたずんで、ツグミやシジュウカラやアトリの歌に聞き入っていると、まもなく彼自身も澄んだ声で高らかに歌いはじめるのでした。そして彼の妻と息子はいつもこの朝の歌を聞いて目を覚まし、起き上がるのでした。そして妻は朝食のためのミルクを準備し、子どものアレックスは庭に飛び出してお父さんのところへ行き、二人は、お母さんが窓から彼らを呼ぶまで、小鳥たちの歌に聞き入ったり、雲を眺めたり、ミツバチを観察したりするのでした。このようにして毎日がすぎていきました。

アレクサンダーは、息子といっしょに家に入り、妻に朝のあいさつをし、昔たくさんの少女たちの中で一番美しい少女を選んだことをあらためてうれしく思うのでした。彼らはミルクを飲み、パンを食べ、それからそれぞれ仕事をはじめました。アレクサンダーは、その日とその季節に応じて、鋤、熊手、鎌、ナイフ、鋸、鋏、靭皮《じんぴ》などの道具を物置から取り出しました。そしてヤギに餌をやり、草花に水をやり、野菜の青虫を採ったり、畑の雑草を抜いたりしました。妻もときどき手伝いました。アレックスもときどき手伝いをしたり、木の葉で編んだ冠を作ってブロンドの頭に載せたり、蝶を捕まえたり、泉水のそばに水路を作ったりしました。そして毎日一時間は勉強の時間がありました。そのときに少年は草花や野菜がなんという名前か、どのように生きているか、何年生きるか、そしてどのように世話をしなければならないかを学びました。少年はヤギの好きな草や、ミツバチが好んで集まる草花や、病気に効く薬草を覚えました。彼はどんな植物や動物が互いに仲良く生きて行けるのか、どんなものがうまく行かないのかを学びました。

一家はよく市場に行きました。町の人たちもよく彼らのところへリンゴや、ナシや、スモモや、野菜や、種子や、ミツバチや、樹脂などを買いに来ました。このように毎日が過ぎて行きました。どの日もほかの日と兄弟のように似ていました。ある時期になると、一日中イチゴや、果物や、ブドウや、草花の種子の採り入ればかりする日が続きました。蜂の巣から蜜を分離する仕事が続く日もありました。果樹を剪定したり、支柱に結びつけたりする日も続きました。することはたくさんあり、考えることもたくさんありました。

けれども夕方、妻が、野菜畑を見に行ったり、あるいはしばらくのあいだ息子のベッドのところにすわっていたりするとき、アレクサンダーは庭の西の端にある栗の木のところへ行って、その木の下の低いベンチに腰を下ろし、夜が近づいてくるのを見ながら休息しました。するとこの老木からさまざまな夢が彼のところへ降りてきました。すると彼は、小鳥やミツバチのことを夢見たり、考えたりするのでした。そんなふうに瞑想しているあいだに、彼はこの老木が、彼が知らなければならないことを語ってくれるのを聞きました。この夕方のひとときに、アレクサンダーは尋ねたいことを質問し、答えを待ちました。ヤギが病気になったとき、キャベツに青虫がつきすぎたとき、ミツバチが狂ったように暴れまわったとき、アレックスが悪い子だったとき、若いレタスがうまく育たなかったとき——そのようなことをこのひとときに真剣に考え、その原因をたずねました。彼はこの老木からまず忍耐を、そして心の平安を教えられ、原因を理解することができました。夕方はいつもそのように過ぎてゆきました。

「シュピーゲル」の表紙に掲載された写真（1939年）

編者あとがき

ときおり一匹のキツネか、あるいは一羽のカッコウを見かけたり、観察したりすることができれば、それはもう自然愛好家にとっても、ひとつのささやかな体験であり、幸運である。そのようなときは、まるで動物が一瞬残虐な人間に対する恐怖をなくしたかのような、あるいは人間自身が楽園から追放される前の汚れのない生活にふたたび戻ることを許されたかのような気がするものである。

ヘルマン・ヘッセ『フォーゲル』から

ラフな作業服を着て、麦藁帽子をかぶり、シャツの襟をはだけたヘルマン・ヘッセの個性的な写真が、八十歳の誕生日から一年後の一九五八年七月上旬に、ニュース雑誌「シュピーゲル」の表紙に掲載された。二十年以上も前に、息子のマルティーンによって撮影された写真である。ヘッセは、丸いニッケルぶちのメガネごしに、優しいと同時に懐疑的な眼差しを読者に向けている。それはまるで、その写真の醒めた表情と、「シュピーゲル」の編集者がその写真の下につけた「庭のあずまやで」というキャプションとのあいだに現れている矛盾を読者が見抜いているかどうか調べているかのようである。そして、この表紙の写真のキャプションを説明するために、「野菜畑のヘルマン・ヘッセ」という見出しをつけた表紙関連記事で、その欠陥だらけの調査による、才気走って毒を含んで伝えられた生半可な事実にいたっては、事実というよりはむしろ無名の執筆者の願望の産物であって、この雑誌の掲げる啓蒙的方針に沿うものでも、ここに紹介されたスケールの大きい作家の全貌を正しく伝えたものでもなかった。ここでヘッセは、ノーベル賞受賞者の中の取るに足りない「庭の小びと」(1)扱いされており、このような作家にかかわりあうことは救い難く時代遅れな行為であって、いやしくも笑い者にされたくない、そして一人前に進歩的批評に参加したいと望むあらゆる読者にとって自分自身の格を下げることになると、過小評価されているのである。

この「シュピーゲル」の執筆者の描いたヘッセの現実離れした「テッスィーンの丘の園丁の生活」の風刺画によって、これ以後数十年ものあいだドイツでは、ヘッセの作品に対する学会の無視とジャーナリズムの軽蔑という路線が敷かれてしまった。いったい、静観主義的な「ささやかな園丁のよろこびのために」「世界文学の国際競争から締め出された」(「シュピーゲル」)ような作家にかかわりあって、自分自身の格を下げるようなことをしたがる者がいるだろうかというわけである。しかしヘッセの没後何年もたたずに、彼の本が二十世紀のドイツ語圏のほかの作家には見られなかったほど地球全体に普及しはじめ、それまでの一般の予測を裏切って、世界文学に属することが明らかになったとき、この事態は文芸評論家たちの理解を超えていたため、ともかくもその事態に反応した評論家たちは、ふだん非常に口達者な人が突然予期しない出来事にぶつかって当惑したときによくするように、この事態を認めることを敵意を込めて拒絶するか、この事態を黙殺するという戦略で対応したのである。

この詩人についてはこれ以上詳しい研究がすべて不要だとするこれほど手頃な作り話を撤回して、この詩人の実像を正しく紹介し、この「シュピーゲル」誌の願望の産物であるヘッセ像は、風評に基づいてつくられたものにすぎなかったことを白状せよとジャーナリストや文芸評論家に求めるのは、とうてい無理な要求であったため、それが障害となって、特に近来選集として刊行されているヘッセの時事批評の分野の著作はこれまで注目されなかった。この時事批評を、ヘッセは六十にのぼるさまざまな新聞や雑誌に発表したが、自分でまとめて刊行はしなかった。まさにこの十巻以上にのぼる政治および文化批評の分野の刊行物と書簡集こそ、「世間知らずの家庭菜園の所有者」などというヘッセについてのあらゆる風評の根拠を絶つものである。

自然、つまり偏狭・退嬰の概念、つまり「庭」とかかわりあう作家は、単純な、反動的な、あるいは時代の諸要求を免れるために現実から逃避する作家であると定義されているため、ヘッセにおいてもこの定式に矛盾する一切のものが敬遠されたのである。それゆえヘルマン・ヘッセが、この数十年来わが国ドイツでも広汎な人気を得て、わが国の大学とジャーナリズムの文学史の株式市場には、これで十分と見なされているドイツ文学者の作品よりもはるかに多くの読者をもつようになったにもかかわらず、わがドイツ語圏では世界のどこと比べてもお話にならぬほど、大学でもジャーナリズムでも、その重要性と影響力にふさわしい扱いを受けていないという事態が生じたのである。しかしそもそもドイツ文芸界の状況がまともであるならば、すなわち、芸術家がわが国で（超地域的な広汎な影響という形で現れる）その真価に当然ふさわしい待遇を受けられるならば、ヘルマン・ヘッセやシュテファン・ツヴァイク[2]のような作家こそ、現代文学の中で最もよく研究され、最も活発に討議される作家に数えられなくてはならないはずである。

ヘッセの庭についての著述をはじめてまとめたこの書の出版によって、さりげないものではあるが、決して非生産的なものではない彼の日常の見解があらためてここに紹介されるに当たって、前述のような背景をわれわれは心にとめておくべきであろう。

当時すでに二十五歳であったヘッセに、それまで八年間就いていた書店員と古書売買という生計のための職業をやめて、それ以後作家として生計を立てることを可能にした、一九〇三年成立の最初の長編小説『ペーター・カーメンツィント』(3)はむしろ、工業化と自動化の会社設立ブーム時代に進歩的で望ましいと見なされたものとはまさに対極にある作品であった。この作品は、土地開発によって進行する都市化のために脅威にさらされた自然への賛歌であり、自然の秩序に依存して生き、まさにその中から生まれ育った者が、それを無視すれば必ず罰せられる自然の諸法則や自然環境と調和していたかつての人間の生き方に捧げられた賛歌である。それは進歩の単眼性に対する反抗であり、機械によって他人を規定するという押し付け、すなわち、タイムカードとストップウォッチによる生活の加速、単調化と奴隷化に対する反抗であった。当時あまねく称賛された機械化の利点、つまり、仕事の量の軽減と、合理化の技術のもたらす時間の節約などにも、ヘッセはなじめなかった。「それは」とヘッセは一九〇七年に作家仲間のヤーコプ・シャフナー(4)に書いている。「機械によっても、何によってもすべて同じことです。つまり、若干の善良で自由な人間がお陰をこうむりますが、何百万人もの無頼漢の事業も同じように軽減されます」。当時早くもヘッセがこの「技術の完璧さ」（フリードリヒ・ゲオルク・ユンガー）(5)に対して賛意を保留したことが、いかに正当なものであったかは、その後の各時代の権力者に前例のない物質的破壊を許し、全国民の操縦を可能にした軍事および宣伝活動における技術の悪用によってまもなく証明された。機械化で加速された土地酷使が環境に及ぼす影響にいたっては、言うまでもないことである。

これに対して『ペーター・カーメンツィント』の世界は、このような技術崇拝の対極をなす世界を、理解しやすいように、計画的に構成したものであった。この作品の感傷に流れない力強さと具象性をもつ自然描写は、日常生活で最も大切なものと見なされている事柄で生き埋めにされ、無理に口を封じられていた「人間の根源」すなわち「自然」を当時の読者に思い出させた。この作品によって、この「根源的なもの」はふたたび口をききはじめ、そして読者たちにまさにこの「根源的なもの」を五感で味わわせ、「根源的なもの」との一体感を感じさせたのであった。この自然との一体感は、『ペーター・カーメンツィント』の中の、「多くの人が自分は〈自然を愛している〉と言っているけれど、それは彼らが折にふれて自然の見せる魅力ある姿を賞賛することを厭わないというほどの意味でしかない。彼らは郊外へ出かけて行って、大地の美しさを楽しみ、草原を踏み荒らし、しまいにはたくさんの花や枝をもぎ取って、すぐに飽きて投げ捨ててしまうか、家に持ち帰ってしおれさせてしまうかするだけである。これが彼らの自然の愛し方だ。日曜日になって天気がよいと、彼らはこの愛を思い出し、それから自分の立派な心がけに自分で感動するのだ」というういわゆる日曜日の散歩者の感傷的な自然愛とははっきりと一線を画するものである。

植物であれ、動物であれ、障害をもつ隣人ボピー(6)であれ、脅かされているものに味方するという点で、ヘルマン・ヘッセのこの最初の作品は、その後の彼の多くの作品と同じように、若い世代と、「経済的繁栄の限界」を認識したと信じるすべての者にとって、旗じるしとなる作品のひとつとなった。それだけでなく、AEGの社長で後に帝国の外相となったヴァルター・ラーテナウ(7)のような財界の代表的な人物でさえ、この若い作家について(一九〇四年雑誌「未来」の中で)次のように証言している。「天と地の一切の被造物に対するこの作家の大きな愛はすばらしい! 彼が、太陽や雲、山や海、木や草、そして生きものを描写し、称えるとき、彼の言葉を通して、感情や考えを、しかもおなじみのありふれた感情や考えを、新しくし、高貴なものにしてくれる誠実な調子が響く」

これによって(彼が生涯に発表した唯一の書評によって)ラーテナウは、ヘッセのそれ以後の作品全体、とりわけ抒情詩の特徴を先取りしたのである。

つまり、ヘッセの作品が読者に感銘を与えるのは、形式の新しさによるのでも、内容の新しさによるのでもない。それが借りものでなく、ヘッセ自身が独力で獲得し、体験したものだと読者が信じることができるからであり、この信頼がわれわれがよく知っていると思っていた事柄にも新たな本物のもつ迫力、信憑性という迫力を与えてくれるからである。

この書いたもの（作品）と、体験（現実生活）との一致を、ヘッセは『ペーター・カーメンツィント』の発表の後にも保持しただけでなく、作品の成功によって実現可能になるとすぐに、自然破壊に反対する生活によってこれを実践したのであった。ペーター・カーメンツィントがバーゼルから彼の村ミニコン[8]（＝ズィズィコン、ないしはフィーアヴァルトシュテッター湖畔のフィッツナウ）に帰ったように、ヘッセはバーゼルから当時まだ辺鄙な人口三百人ばかりのボーデン湖畔の小村ガイエンホーフェンに移転した。そこで彼は一九〇四年バーゼルの弁護士の娘マリーア・ベルヌリと結婚したのちすぐに、トルストイ、ソロー[9]、イギリスの社会改革者ウィリアム・モリス[10]等の理想に従って「都会から離れた自然の中で素朴で清廉な生活をするために」一軒の小さな農家に住んだ。そこで彼は、文明の無数の束縛やまがい物の満足とは関係のない、自給自足の生活を試みた。さらに、当時すでに彼は自然に近い生き方を切実に求めていた。彼は次のように書いている。「自分の生活を便利に、快適にすることは、私は残念ながらついぞ心得なかった。しかしひとつの技術だけはいつも意のままになった。それは美しい環境に住むという技術である。自分で住む場所を選ぶことができるようになってから、私はいつも抜群に美しいところに住んだ。住まいは原始的で、ほとんど便利でも快適でもなかったけれど、私はいつも窓から個性的でスケールの大きい景色を遠くまで見渡すことができた……環境が私の五感にせめて最小限の自然の実物と本物の自然の風景を提供しないようなところに住むことは、私にはとてもできないことである。ある近代的な都会で、便利さだけを目的とした殺風景な建築物の真っただ中で、紙の壁に囲まれて、イミテーションの建材の中で、まがい物と代用品ばかりの中で生活することは、完全に不可能である。そんなところでは私はじきに死んでしまうだろう」

ヘッセは当時まだ庭をもっていなかった。キルヒプラッツの小さな家[11]には彼が住まいに沿って作り、草花とスグリを植えた細い花壇ひとつ分の土地しかなかった。けれども一九〇五年に長男が生まれて、部屋数が少ないために、いたるところ窮屈になりはじめたので（ここには電気と水道はなく、水は村の井戸から運ばなくてはならなかった)、持ち家を建てるために村はずれに土地を買い、一九〇七年の夏に完工した。ここには庭を作るための土地も充分にあった。

それは彼の生涯で最初の自分の庭であった。この庭で、この小人数の家族は充分自給自足することができた。同時にヘッセはまたこの庭で、九歳の頃母から、自分で植物を植えて世話をするようにと、カルフのビショフス通りの生家の裏の急斜面の小さな段々畑の一部を任されたころから抱き続けてきた願いをかなえることができたのである。あの子供時代の庭の思い出、あのはじめての遊びを通じて、生物の法則や、成長の法則や、繁栄の法則や、凋落の法則を体得した思い出、花や、トカゲや、小鳥や、蝶の思い出は消しがたいものであったにちがいない。それは彼の晩年の詩の一編にまで余韻を残しているからである(「むかし　千年前」一二三六頁)。それゆえ彼が自分の子供たちがこのような印象を感受できる年になるとすぐに、まずこのボーデン湖畔の、そして後にはベルンの新しい庭で、自分のように自然とじかに接触させたいと思ったのは、うなずけることである。ミア夫人の撮影した写真に、父のまねをし子供の鋤でせっせと地面を掘り返す四歳の息子ブルーノの写真が残っている。それについて当時のミア夫人の日記には次のように書かれている。ブルーノはおじいさんから小さな庭仕事の道具をもらって、今では庭でパパの手伝いができるので有頂天である。彼は父がすることを全部正確に真似し、父と同じように足を鋤にのせ、土くれを砕く。――何もかもちゃんとしたやり方で。ある朝彼はパパの所へ来て言った。「ブッツィバイ ヴィル シュパーテ クム パピー ダルフシュ ツエルエゲ」"Butzibai will spate, kum Papi, darfsch zueluege"（ボク 鋤デ 掘ルヨ 来テ パパ ミテテネ）。

パパはあらゆる種類のゴミを燃やすためによく庭で焚き火をする。ある日マッチがなかった。するとブルーノは走って行き、キンレンカの花をもって帰って来た。「ドー パピー ヘッシェ フィエリ」"Do Papi, hesche Fierli"（ホラ パパ ココニ火ガアルヨ）。

この熱意の結果の、花で縁取った花壇、三十本以上の果樹、そしてヒマワリが並木のように通路の両側に生えたガイエンホーフェンの庭の豊かさと田舎風に花が満ちあふれた華麗さについては、多くの訪問者が報告しているところである。この客のひとりで、（ヘッセ家の湖畔側の隣にあった）グラリゼック田園教育舎(14)の若い教師は、何十年も後に新聞「ガゼット・ドゥ・ローザンヌ」(15)で、ヘッセが彼に新しい庭を見せたとき、特に砂を敷きつめた門から玄関への通路に注目するように、と言ったと報告している。「この道が何とすばらしく堅牢であるか見てご覧なさい。この道の砂の下にはよい土台が入れてあるのです。けれど石の土台ではなくて、現代のドイツ文学全体

井戸端で遊ぶヘッセの息子ブルーノ。ガイエンホーフェンの家で。1908年

を整然と積み重ねたものです」。一九四四年九月の末の息子宛の手紙で、ヘッセはこのエピソードを確証している。「ガイエンホーフェンの私たちのところには砂がたくさんあったが、石が全然なかった。そこで私はその道の下に不要な本と膨大な量の雑誌を敷きつめた」。それは目的にかなっていると同時に、型破りなことであった。当時すでに彼の書評は人気があって、出版社から年間約五百冊の本が書評依頼のために送られてきたため、彼は書評の対象にしなかったものをこのように「基礎をつくる(土に埋める)」という方法で徹底的に処分したわけである。

因習を粉砕するよろこび、生々した表現、茶めっ気のある表現、それどころかしばしば露骨な表現がガイエンホーフェンで書かれたほとんどの手紙にきらめきを放っている。ヴィルヘルム二世時代の豪奢な上流階級の特権意識に、質素な生活様式をもって挑戦し、知識階級の仲間たちのもったいぶった考え方を、多言を費やすかわりに行動するという姿勢によってぐらつかせるというのは愉快きわまりないことなのである。何であれ、荘重なものや大げさなものすべてに対するこの反感の一端が、彼が当時はじめてさまざまな経験を書き記した「庭にて」にも現れている。この「庭にて」はこの反感の一端のほかに、芸術家である彼が庭の仕事で関心をもったすべての事柄を報告したものである。「もちろん園芸には創造のよろこびと、創造者の思い上がりといったようなものがある。私たちはわずかばかりの土地を、私たちの考えと意志にしたがって形づくることができる。私たちは夏のために自分の好きな果実や、好きな色や香りをつくることができる。私たちは小さな苗床を、数平方メートルの裸の地面を、色彩の波浪にすることができる」

「要するに」とほぼ同じ頃にフーゴー・フォン・ホーフマンスタール(16)は庭についての所感で次のように述べている。「生きている自然の一部分を想像力に従って形づくるという庭師の仕事ほど詩人の仕事に共通する仕事はほかにない」「なぜなら」と彼は続ける。「庭師は、詩人が言葉を使ってしているのと同じことをしているからである。つまり詩人は、読む者に新しいと同時に見慣れぬものであるという感じを与えるように、それと同時にまた言葉がはじめてそれ自体の完全な意味を獲得するように、つまり言葉が命をふきかえすように言葉を組み合わせるのである」

しかしヘッセがこれほど長いあいだ夢見てきたものを手に入れるか入れないうちに、定住志向と放浪癖とのあいだを常に揺れ動く彼の本性に、すでにその後の生活の前兆が現れていた。「私は今自分の庭にはじめて成長する果物と野菜を楽しみにしてはいますが、やはり遠方へのあこがれをなくしてはおりません」と彼はすでに一九〇八年三月にバーゼルへ書き送っている。そして画家フランツ・フェッター(17)が新しい家で養蜂もしているかと尋ねるとき、ヘッセは束縛されるから養蜂をしようとは思わないと答えている。「ミツバチは飼いません。猫のほかに動物はおりません。私は動物はすべてとても好きですが、自分では飼いません。私には責任が大きすぎます。毎日動物のことを考えて、世話をしなくてはならず、旅に出たりなど、とてもできないからです。そうでなければ、動物を友人に預けて旅に出て、旅のあいだじゅう預けた動物たちに対して良心のやましさを感じないではいられないからです」

こうしてヘッセは頻繁に旅に出るようになった。まずある文芸雑誌の共同刊行のためにミュンヒェンへ、それからイタリアへ、そして講演のために、ドイツ全土を、さらにヴィーンや、プラハまでも旅をした。一九一二年ヘッセがセイロンとインドネシアの三カ月間の滞在から帰った後、一家はまだ五年しか住まなかったボーデン湖畔の家に別れを告げることを決定し（特に「長い淋しい冬と別れ」て）、ふたたびスイスに戻った。

「この最後の夏をここでちゃんと祝うために、私は庭にダーリア、ゼニアオイ、カーネーションを何百本も植えました」とヘッセは自分の誕生日に書き、ベルンに引っ越す直前の一九一二年七月二十三日、作家仲間のハインリヒ・ヴォルフガング・ザイデル[18]に一抹の悲しみを込めてそれまでの生活を短く報告している。「郵便配達があなたのお便りを届けてくれた場所はあなたの気に入るでしょう。私は草原をもち、窓からは何キロメートルもの湖が眺められます。家の周りにはたくさんのダーリア、ヒマワリ、ゼニアオイ、カーネーションの咲く農家風の庭があり、その中で三人の息子がラズベリーの茂みをあさっています。ここでの私の生活の外観はすばらしく、魅力的です。ベルンではこの半分も美しい環境に恵まれるかどうか私には分かりません。私はベルンで町からずっと離れたところに古い木立のある庭つきのベルン風の荒れた田舎家を一軒借りましたが、今のところやはり、これまで住んだ家への愛着の方が新しい家への期待よりも強いのです」

ヘッセが引っ越した家は、その少し前に亡くなった友人で画家のアルベルト・ヴェルティの家で、ガイエンホーフェンに比べるとまさに貴族的とも言えるほどの庭があり、そこには泉水がひとつ、ルネサンス風の豊かな植え込みと、母屋から屋外階段の通じている楕円形の芝生の庭があった。しかし、ボーデン湖畔の庭についての数多い記述とくらべて、この庭についてはヘッセは手紙や著作物でわずかしか触れていない。それはひとつには、ここではまず耕地にしなくてはならなかった一画の土地のほかは、すべてがすでに設定され、完成されていて、ヘッセが自分の創造意欲を発揮する余地がほとんどなかったためであろう。またひとつには、このやや荒廃したヴェルティの邸宅に入居して二年後には、第一次世界大戦が勃発し、戦時中はヘッセは生涯において例のないほど、多くの時事批評を率先して新聞や雑誌に発表したほか、ベルンに戦争捕虜援護センターを建設するなどの活動のために、私生活面での余裕がほとんどなくなってしまったことも考慮に入れなくてはならない。それゆえ、大戦前に書きはじめた物語『夢の家』（この家の前の持ち主であるアルベルト・ヴェルティ作の石版画にちなんで命名された）は未完のままとなった。この作品に出てくるベルンの庭は、ちょうど作品執筆と同じ時期の一九一四年五月六日、コルンタールの父と妹に宛てた手紙に次のように報告されているベルンの庭を、さらに詩的に描写したものである。

「おふたりがバルコニーのある私たちの家に全然来られないのは残念なことです。この家の破風のついた南面にある楕円形の芝生の庭には、大きな雪のように白いハクモクレンが咲いています。家の周囲の半分はフジの大きな花房でおおわれ、そのそばにたくさんのライラックや、ピラカンタの茂みや、そのほかの木が生え、下の方の庭にはスズランとチューリップが咲いています。まず私はまだ地下室に保管してあるダーリアを植えるつもりです。これは私がガイエンホーフェンからもってきたもので、あちらで私はこういうものをもっとたくさんもっていて、支柱百本分くらい育てました。ガイエンホーフェンでの庭仕事が難儀だったのは、あらゆる種類のたくましい雑草のせいですが、それはここにはありません。そして土壌もはるかによいのですが、小鳥とカタツムリがあっと言う間に何でも食べつくしてしまいます。夕方植えつけたサラダ菜は、翌朝にはもうありません」。そしてその四日後のベルンの庭についての、大戦前の最後の記述は次のようなものである。（ヘッセをフィレンツェへ招待したオトマール・シェックへの葉書に）(19)「しかし園丁たる者どうして五月に庭を離れることができましょう？　いたるところ雑草だらけで、ダーリアは植えなくてはならず、豆とキュウリを掘りとり、ニンジンの種を蒔かなくてはなりません！　だめです。より高い力が私たちの生活を支配しています！」

しかし戦争がはじまってから、戦後の一九三一年まで、「庭」はヘッセの現実生活でも作品でももはや主題とはならなかった。「より高い力」は、ヨーロッパにおける平和だけでなく、ヘッセ一家の平和をも破壊したのである。いくつかの前触れは、すでに長編小説『ロスハルデ』、小説断片『夢の家』と、数年後の『イーリス』のような童話に現れている。それはまずヘッセが、次いで妻ミアが受けた長期にわたる精神分析治療の結果であった。

すでに一九一四年に『夢の家』に、ベルンアルプスの連山の景観について、「そのガラスのような魔法の壁を越えた向こう側には、いくつかの美しい楽園があることを彼は知っていた。そこでは自然の富に恵まれた人間の素朴さの中で快適に気楽に生活することができた。そして北方ではあこがれの苦悩と煩悶の深淵から努力して生み出された美が、そこでは優美な草花の無邪気な自然のままの姿で成長していた……彼は北方の人間であった。彼はあきらめと鎮めがたいあこがれをもつ側の人間であった」と書いた。彼はようやくその五年後の一九一九年、家族と別れて「擦り切れたズボンをはいた、しがない、みすぼらしい文士」として、新たな人生の出発に踏み切り、「ガラスのような魔法の壁」の克服に成功した。「そのあいだに戦争が起こり、私の平和、私の健康、私の家族は破壊されてしまいました。私は世界全体を新しい観点から見ることを学びました。そして私は主として時代との共体験を通して、精神分析を通して、まったく新しい精神的方向を見いだしました」とヘッセは一九二〇年一月六日ルートヴィヒ・フィンク[20]に書いている。

以前のような、自分の家と庭をもつ市民的生活はもう考えられなかった。彼はこののち十二年のあいだ、ルガーノ湖を見下ろす丘の上の、『クリングゾルの最後の夏』に書かれているような険しい斜面を這い上っている野生化した庭園の中のバロック様式の邸宅の「高貴な廃墟」に間借りをして住み、独学で画家となり、そこで――『デーミアン』によってもう一度若い世代の作家となった後に、――彼の文学の第三のルネサンスを招来した『シッダールタ』、『荒野の狼』、そして『ナルツィスとゴルトムント』というような作品を書いた。

ようやく一九三一年、すでに五十四歳になっていたヘッセは、ツューリヒの富裕な友人の好意で、自分の家を建て、自分の生活に不可欠な人となっていたニノン・ドルビンと結婚して（彼女は、ヘッセのような人間にとっての幸福とは、ひたすら彼の仕事に専念して生きられることだけであることをわきまえていた）ふたたびガイエンホーフェンやベルンでのような生活、すなわち庭とかかわりあうことのできる生活をはじめることができるようになったのである。しかし今度は庭は、かつての庭が自給自足と、文明に依存しない生活のために果たした機能とは、少し異なった機能をもつようになった。

つまり、年をとるにつれて眼の病気（一九〇一年、風邪を引くたびに炎症を起こしがちな涙腺の手術の失敗で誘発された）が、腱萎縮をともなう進行性関節炎の悪化が原因で、長時間机に向かって読書をしたり、著述をしたりすると、眼球調節筋の痙攣と、顔の上半分の激しい神経痛を頻発するほどになった。そのためヘッセはどうしても眼を回復させるような仕事のリズムを必要とした。一時絵を描くことがそれに役立ったこともあった。しかしこれは視神経の集中と緊張を必要としたため、年とともに庭仕事にくらべてずっと眼を疲れさせるようになった。このようなわけで、庭仕事は、ヘッセが一九五四年に「復活祭頃のメモ」の中で当時を回顧して書いているように、「健康法と気分転換」の意味をもつようになった。「眼や頭の痛みがひどくなると、切り替えが、物理的転換が必要となる。長い年月のあいだに、この目的のために私が考案した庭師や炭焼きのまねごとは、この物理的転換と息抜きの役目を果たすだけでなく、瞑想や想像の糸を紡ぎ続けたり、気持ちを集中させたりするのにも役立つのである」

一九三〇年に永代借地権を得たモンタニョーラ村の上手の南斜面にある一万一千平米[21]の土地は、湖の対岸のイタリア領にそびえる連山を展望できるすばらしい場所にあったけれど、葡萄畑のある石ころの多い急斜面は、庭にするにはまったく不適当であった。それにもかかわらず、巧みな造園技術によって、その土地をできる限り利用する工夫がなされた。

「自然が望むことを自分も望むという方法を選ぶことに、自分の少しばかりの意志の自由を適用する」というヘッセのスローガンに従って、この土地は徹底的な耕地整理をせずに、この斜面の構造を広範に保存したまま、ある造園会社が、腐食土を入れ、土どめの擁壁、階段、道などを設けて耕作可能にし、湧き水を囲い、木を植え、森の縁の二十四本の栗の木の下にはボッチャのコースを造った。庭の中央の葡萄畑はそのまま残された。これをヘッセはできれば小作に出したかったのであるが、借り手がなかったために、それ以後、年間収穫高七百キロ見当の葡萄の収穫のため特別に日雇い労働者をひとり雇わなくてはならなかった。草花、イチゴ、野菜、サラダ菜、香辛料植物などの畑は下手の段丘につくられ、上手の狭い段丘では葡萄が栽培された。

　ヘッセは「夜型人間」で、手紙類以外の著述はすべて午後と夜にすることを好んだため、「庭でのひととき」は原則として午前中の早い時間に決められていた。この時間をどのように過ごしたかは、一九三五年の夏、姉アデーレの六十歳の誕生日に献じた同名の叙事詩『庭でのひととき』に詳しく書かれている。七月中の四日間で書き上げられたこの作品は、古くはホメーロス、オウィディウス[22]、ウェルギリウスが用い、ドイツでは特にクロップシュトック[23]、ザーロモン・ゲスナー[24]、ゲーテ（『ヘルマンとドロテーア』、『ライネケ狐』）そしてトーマス・マン（『幼子の歌』）が用いた詩形、ヘクサーメター[25]で書かれた数百行の詩である。

　このヘクサーメターの語りのリズムほど楽しい牧歌的なものを表現するのに適したメロディーと表現法をもつ韻律はほかにはない。それと同時に、このリズムのやや荘重な調子は、ヘッセが同時代の破廉恥な精神的風潮への批判を、庭での地味で、牧歌的で、一見時代錯誤的な印象を与える仕事と関連させて表現するときに用いた諧謔的皮肉な言いまわしには、まさにうってつけのものである。このことをカール・コルン(26)も念頭に置いていたのであろう。彼は『庭でのひととき』の新版が出るに際して次のような回想を述べている。「世間の叫喚とパレードから逃れるためには、いくらかの策略を必要とした当時のドイツで、G・B・フィッシャー社から、愛書家向きにつくられた本が出版された……それは『庭でのひととき』といい、ウェルギリウスの『ゲオールギカ』を先駆とする、今日では文士たちの忌み嫌う文学ジャンルの末裔であった。ヘッセはこの典雅な作品で、上流スノブ階級ではなく、葡萄栽培業者、庭師、農民だけしか登場しないルガーノ湖上方のモンタニョーラの庭でのよろこびのほかは何も伝えていない……そこにはまた、ルノワール、セザンヌなど偉大なフランスの風景画家が自然の中で自然に向かうときにかぶっていた、ツバの広いへこんだ麦藁帽子も出てくる……現今ではしかしながらこの牧歌的なものは文学からは追放されたため、もうほとんどの文士が社会的および政治的イデオロギーの抑圧からこのような牧歌的世界への逃避をあえてすることができなくなった」

　このようなもろもろの抑圧にヘッセは決して屈服しなかった。彼はそれらの抑圧に対して『ガラス玉遊戯』(一九三一―四二年成立)によって、強制的につくられたものとはまったく異なるヘッセ独自の世界像を提示した。つまり、政治的対立を、まったくドグマによらずに、非常に多様な学芸の領域における可能性と見解によって徐々に解消し、そして止揚するひとつの教育的モデルを作りあげたのである。しかし政治的対立の被害者、つまりあの「政治的イデオロギーによる弾圧」の犠牲者、何百人もの亡命者や援助を求める無数の訪問者に対する同情を、ヘッセは自分の家を開放し、宿泊所を世話したり、経済的にあるいは助言によって援助したり（保証人になったり、推薦状を書いたり、滞在許可証取得の仲介をするなど）事務手続きの面で尽力するなど、精力的な支援行為によって証明したのであった。――あらゆる陣営と国々からの助言を乞う者たちの手紙に対するヘッセの何千通もの返事の、啓蒙的、慈善的役割については、言うまでもないことである。ヘッセは全世界的な破局という不可抗力に対して個人のできることの極限まで実行しつくしたのである。このような状況の中でこの庭園の牧歌は書かれた。この快適な庭園の牧歌は、当時と同様今日でもあくなき行動欲に対する挑戦であり、その意識的拒絶であり、「世俗の国家、王朝や国民は滅亡し、明日にはもう存在しなくなることもあるが、結局、花たちが何千年も変わることなく、年ごとに草原に回帰することは反論の余地がないように、現代史の騒擾とはかかわりのない秩序がこの世に存在する」ことを想起させるものである。

このように、変転の中の不変のものに思いをいたすことは、極端に勤勉であわただしい生活をし、刺激の氾濫と政治の不当な要求の真っただ中にいる私たちに、「歴史を理念によって形成しようとする……なぜなら残念ながら世界はやはり……そういう衝動が……最後には流血や暴力行為や戦争へと導くようにつくられているからだ。……だから私たちは窮迫した時代にもできるだけ世界の成り行きに　あの魂の平安をもって臨もう……そして私たちは善をなそう。すぐさま世界を変革しようなどと考えずに。これもまた行う価値のあることだ」(『庭でのひととき』一四六頁)という、一切の野心に懐疑を抱かせる人生観のひとつの中心点を啓示してくれるものである。

このような態度は非常に瞑想的な感じを与えるであろうが、ルター(27)のような行動型の人間のスローガンと不思議なほど正確に一致する。「もし明日世界が滅びようとも、私は今日なおリンゴの苗木を植えるだろう(28)」

フランクフルト・アム・マインにて、一九九一年八月

フォルカー・ミヒェルス

（1）「庭の小びと」＝庭にかざる陶製の小びとの人形。「つまらぬ男」の意味でつかわれることもある。
（2）シュテファン・ツヴァイク＝ヴィーン生まれのユダヤ系作家。一八八一―一九四二。二十世紀の三大伝記作家の一人。亡命地ブラジルで、日本軍の真珠湾攻撃の報を聞いた翌日、妻とともに自殺した。国際的な成功を収めたが、ドイツ文学界では、「思想性が乏しい」などの理由であまり問題にされない。
（3）『ペーター・カーメンツィント』＝わが国では『青春彷徨』、『郷愁』などのタイトルで知られている。原タイトルは主人公の名前。
（4）ヤーコプ・シャフナー＝スイスの作家。一八七五―一九五八。
（5）フリードリヒ・ゲオルク・ユンガー＝ドイツの作家。一八九八―一九七七。エルンスト・ユンガーの弟。『技術の完璧さ』Perfektion der Technik（一九四六）は機械文明批判の書で、ここでは単にこの書名を借用しただけである。ヘッセがこの書の内容に賛意を示さなかったわけではない。
（6）ボピー＝『ペーター・カーメンツィント』に登場する、くる病の男。ペーターは、人生の苦悩に耐え抜いてきたこの男から真実の生を教えられる。
（7）ヴァルター・ラーテナウ＝ベルリーン生まれの実業家、政治家。一八六七―一九二二。ＡＥＧ（総合電機製造コンツェルン）社長、一九二二年外務大臣になったが、暗殺された。

(8)ミニコン＝『ペーター・カーメンツィント』に出てくるペーターの故郷の架空の村。実際の地名はズィズィコン、もしくはフィッツナウと想定されている。
(9)ソロー＝ヘンリー・デイヴィッド・ソロー。一八一七―六二。アメリカの文筆家。湖畔に小屋を建て、労働と思索の生活をし、『ウォールデン、森の生活』（一八五四）で、早くも物質文明の弊害に対する警告を表明した。
(10)ウィリアム・モリス＝イギリスの詩人。芸術家。一八三四―九六。社会主義者同盟を組織。
(11)キルヒプラッツの小さな家＝ヘッセがガイエンホーフェンで新居を建てる前に最初に住んだ農家。キルヒプラッツ（教会広場）は地番名。
(12)カルフ＝ヘッセの生まれた南ドイツの町。
(13)ミア夫人＝ヘッセ夫人マリーアの愛称。
(14)グラリゼック田園教育舎＝生徒の共同生活を重視するなど、独自の教育理念をもつドイツの学校。
(15)(原注) チャーリー・クラーク「ヴァカンスの終わりに」、一九四四年二月五日付「ガゼット・ドゥ・ローザンヌ」紙に掲載。
(16)フーゴー・フォン・ホーフマンスタール＝ヴィーン生まれの詩人、作家。一八七四―一九二九。早熟の天才と言われ、多彩な才能を発揮した20世紀初頭の最重要作家の一人。

(17)フランツ・フェッター＝ドイツの画家、詩人。一八八六―一九六七。
(18)ハインリヒ・ヴォルフガング・ザイデル＝ドイツの作家。一八七六―一九四五。女流作家イーナ・ザイデルの夫。
(19)オトマール・シェック＝スイスの作曲家。一八八六―一九五七。ヘッセの親友で、ヘッセの数多くの詩に作曲した。
(20)ルートヴィヒ・フィンク＝医師、作家。一八七六―一九六四。ヘッセの青年時代からの友人。
(21)一万一千平米＝これは「一千百平米」の誤りと思われる。
(22)オウィディウス＝ナーソ・プブリウス・オウィディウス（前四三―後一七？）。ローマの詩人。『愛の技術』、『変形譚』、『悲嘆の詩』などの作品が有名。
(23)クロップシュトック＝フリードリヒ・ゴットリープ・クロップシュトック。一七二四―一八〇三。ドイツ啓蒙主義時代の代表的詩人。ヘクサーメターで書かれた大作『メシアス』が代表作。
(24)ザーロモン・ゲスナー＝ドイツの詩人。一七三〇―八八。『武装した乙女に捧げるスイス人の歌』、『田園詩集』などの作品がある。
(25)ヘクサーメター＝一八二頁の注参照。
(26)カール・コルン＝ドイツの文芸評論家。一九〇八―九一。「フランクフルター・アルゲマイネ」紙の文芸欄、政治・文化欄の論説主幹を務めた。

(27)ルター＝マルティーン・ルター。ドイツの宗教改革者。一四八三—一五四六。彼が聖書の翻訳に使用したドイツ語が、ドイツ標準語の基礎となった。

(28)このルターの引用文は、ドイツの『名言辞典』（"Geflügelte Worte"）に載っているものと若干の違いがある。原文の直訳は「たとえ世界が明日滅びようとも、私は今日中に私のリンゴの苗木を植えるであろう」となり、『名言辞典』の文の直訳は「もし明日世界が滅びるとわかっても、私は今日なお一本のリンゴの苗木を植えるであろう」となる。訳文は両者の折衷である。なお、この引用は、一九四五年以来ルターの言葉として急速に流布したが、その由来と出典は、専門家の懸命の調査にもかかわらず、いまだに不明であるという。

作品紹介

◎「庭にて」Im Garten
初出　新聞《Neues Wiener Tageblatt》（一九〇八・三）。
遺稿散文集『小さなよろこび』Kleine Freude（一九七七）所収。

◎「幼年時代の庭」Garten der Kindheit
短編小説『大旋風』Der Zyklon（一九一三、一九二九改稿）からの抜粋。

◎「外界の内界」Die Innenwelt der Außenwelt
小説『デーミアン』Demian（一九一九）からの抜粋。

◎「ボーデン湖のほとりで」Am Bodensee
思い出の記「新しい家への引っ越しに際して」Beim Einzug in ein neues Haus（一九三一）。

『思い出草』Gedenkblätter（一九八四）からの抜粋。

◎「木」Bäume
『放浪』Wanderung（一九二〇）より。

◎「ボーデン湖からの別離」Abschied vom Bodensee
エッセイ「転居」Umzug からの抜粋。
初出　新聞《Neues Wiener Tageblatt》（一九一二・一〇・一三）。
および、思い出の記「新しい家への引っ越しに際して」（一九三一）からの抜粋。

◎「老木の死を悼む」Klage um einen alten Baum
初出　新聞《Berliner Tageblatt》（一九二七・一〇・一六）。
遺稿短編集『無為の術』Die Kunst des Müßiggangs（一九七三）所収。

◎「紛失したポケットナイフ」Das verlorene Taschenmesser
初出　新聞《Vossische Zeitung》（一九二三・九・一四）。
遺稿短編集『無為の術』（一九七三）所収。

◎「対照」Gegensätze
初出「南国の盛夏」のタイトルで、新聞《Berliner Tageblatt》（一九二八・七・九）。
遺稿短編集『無為の術』（一九七三）所収。

◎「百日草」Zinnien
初出「晩夏の花」のタイトルで、新聞《Berliner Tageblatt》（一九二八・八・二三）。
遺稿短編集『無為の術』（一九七三）所収。

◎「夏と秋とのあいだ」Zwischen Sommer und Herbst
初出　新聞《Berliner Tageblatt》（一九三〇・九・四）。
遺稿散文集『小さなよろこび』（一九七七）所収。
◎「一区画の土地に責任をもつ」Verantwortlich für ein Stückchen Erde
思い出の記「新しい家への引っ越しに際して」（一九三一）からの抜粋。および、
エッセイ「テッスィーンの秋の日」からの抜粋。
初出　雑誌《Die neue Rundschau》（一九三一・九）。
◎『庭でのひととき』Stunden im Garten
初出　雑誌《Die neue Rundschau》（一九三五・九）。
単行本 Insel-Bücherei Nr.999（一九七六）。
◎「桃の木」Der Pfirsischbaum
初出　新聞《Neue Züricher Zeitung》（一九四五・三・一〇）。
◎「復元」Rückverwandlung
「復活祭のメモ帳」Notitzblätter um Ostern（一九五四）より抜粋。

『友人への手紙』（一九七七）所収。
◎「日記の頁から」Tagebuchblätter

『日記の頁』Tagebuchblätter より抜粋。
初出　新聞《Neue Züricher Zeitung》（一九五五・三・一六）。
遺稿散文集『小さなよろこび』（一九七七）所収。

◎「失われた故郷のように」Wie eine verlorene Heimat

ヘッセの庭についての手紙から。ルートヴィヒ・レンナー宛（一九一〇・一一・二四）、エーミール・モルト宛（一九一六・一〇・六）、ハンス・カロッサ宛（一九二九・七・二一）、カール・マリーア・ツヴィスラー宛（一九三二・五）、ゲオルク・ラインハルト宛（一九三二・七）、ヘレーネ・ヴェルティ宛（一九三二・七・二三）、ツェツィーリエ・クラールス宛（一九三三頃）、オルガ・ディーナー宛（一九三三・六・五）、ゲオルク・フォン・デル・フリング宛（一九三三・夏）。

◎「庭についての手紙」Kurzer Gartenbericht

ヘッセの庭についての手紙から。グンター・ベーマー宛（一九三四・二・二〇）、カール・イーゼンベルク宛（一九三四・四）、アルフレート・クービン宛（一九三四・一二）、アルフレート・クービン宛（一九三五・初夏）、ハンス・シュトゥルツェンエガー宛（一九三五・一二）、アルフレート・クービン宛（一九三八・三）、息子マルティーン宛（一九四〇・四）、ザッシャ、およびエルンスト・モルゲンターラー宛

（一九四一・一）、ヘンネット男爵夫人宛（一九四二・三）、パウル・A・ブレンナー宛（一九四二・秋）、エルンスト・カッペラー宛（一九四四・三）、息子ブルーノ宛（一九四五・二）、クルト・ヴィートヴァルト宛（一九四九・一）、エルヴィーン・アッカークネヒト宛（一九五四・五）、ヨハンナ・アッテンホーファー宛（一九五五・秋）。

◎『夢の家』Das Haus der Träume
初出《Der schwäbische Bund》Stuttgart（一九一四）。
『小説全集』（一九七七）所収。

◎「イーリス」Iris
初出　雑誌《Die neue Rundschau》Berlin（一九一八）。
『童話』Die Märchen（一九七五）所収。

◎「夕方はいつもそのように……」So war es jeder Abend…
原タイトルは「売られた土地」Der verkaufte Boden 童話断片。編者から日本語版に追加するようにと送られてきた新発見資料。成立年代の記述はないが、編者は、その筆跡から一九一二〜一三年頃のものと推測している。

詩作品は、ヘルマン・ヘッセ『詩集』(一九七七)に収録されているものであるが、「花の香り」と「獅子の嘆き」だけは、本原書で初めて印刷・紹介された。また「花」と「夏の夜の提灯《レーヴェ》」は、編者から、この日本語版翻訳書に提供されたものである。それぞれの詩の原タイトルと成立年を示しておく。


「九月」September(一九二七・九・二三)。

「青春時代の庭」Jugendgarten(一九一〇・三・一〇)。

「弟に」Meinem Bruder(一九一一頃)。

「花のいのち」Leben einer Blume(一九三四・八・一〇)。

「嵐のあとの花」Blumen nach einem Unwetter(一九三三・六)。

「花々にも」Auch die Blumen(一九一六・五・八)。

「リンドウの花」Enzianblüte(一九一三)。

「たそがれの白薔薇」Weiße Rose in der Dämmerung(一九五一・一)。

「カーネーション」Nelke(一九一八・一一)。

「花の香り」Düfte 成立年不明。

「はじめての花々」Die ersten Blumen(一九一二・二・一二)。

「草に寝て」Im Grase liegend（一九一三・四）。

「青い蝶」Blauer Schmetterling（一九二七・一二）。

「刈り込まれた柏の木」Gestutzte Eiche（一九一九・七）。

「古い庭園」Der alte Garten（一八九九）。

「花」Blumen（一九二八）。

「日記帳の頁」Tagebuchblatt（一九三九・四）。

「晩夏」Spätsommer（一九四〇・九・一三）。

「花盛りの枝」Der Blütenzweig（一九一三・二・一四）。

「秋のはじめ」Herbstbeginn（一九一〇・八）。

「花に水をやりながら」Beim Blumengießen（「晩夏」Spätsommer）（一九三二・八・二八）。

「満開の花」Voll Blüten（一九一八・四・一〇）。

「園丁は夢見る」Gärtner träumt（一九三三・七・一）。

「聖金曜日」Karlfreitag（一九三一・四・四）。

「夏の夜の提灯」Lampions in der Sommernacht（一九二九・八）。

「獅子の嘆き」Des Löwen Klage（一九三五頃）。

「むかし　千年前」Einst vor tausend Jahren（一九六一・一二・二四／二五）。

訳者あとがき

本訳書は、ヘッセ研究の第一人者フォルカー・ミヒェルス編集の、テーマ別ヘルマン・ヘッセ著作シリーズの一冊で、「庭」をテーマとする詩文集である。先に上梓してご好評を得た『人は成熟するにつれて若くなる』とともに、数年前編者から贈られて、翻訳を勧められた書である。

原本は、Hermann Hesse : Im Garten. Betrachtungen und Gedichte. Mit farbigen Abbildungen. Herausgegeben von Volker Michels. insel taschenbuch 1329. Erste Auflage 1992（ヘルマン・ヘッセ『庭にて』エッセイと詩、カラー図版入り、フォルカー・ミヒェルス編集。インゼル双書1329. 初版一九九二年）で、のちに、“Freude am Garten”『庭でのよろこび』（インゼル双書1816）と改題された。本訳書のタイトルは、出版社の提案を受けて『庭仕事の愉しみ』とした。

訳稿の印刷中に、フォルカー・ミヒェルス氏から、新たな発見を含む資料、詩二編（「花」、「夏の夜の提灯」）、手紙の断片二編（L・レンナー宛、H・カロッサ宛）、物語断片一編（「夕方はいつもそのように……」）が送られてきて、ドイツ語版の増補に先立って、日本語版に収録することを勧められたので、これも急遽翻訳して収録した。

また、本訳書に使用されている挿絵と写真は、原本に使われているものとかなり違いがあるが、これは編者から送付された写真・フィルムに異同があったためである。

本書には、エッセイ十二編、詩二十七編、叙事詩『庭でのひととき』、未完の小説『夢の家』、童話、手紙などが収録され、ほとんどが本邦初紹介のものである。心から自然を愛するヘッセが、花づくり、野菜づくり、草むしり、焚き火などの庭仕事を通して、樹木や草花への愛、「一区画の土地に責任をもつ」ことの歓びと愉しみをしみじみと語っている。庭仕事は、ヘッセにとって、眼の痛みや疲れを癒したり、文筆の仕事や日常生活の雑事からの解放感を味わうだけでなく、思索と新たな創造を生む素晴らしい瞑想のひとときでもあった。

人間も自然の動植物と同じ一生物にすぎないとみるヘッセは、自然は征服すべきもの、もっぱら人間のために利用すべきものと考える思い上がった人間中心の勝手な考えと、それに基づく物質文明や度を超した自然破壊を伴う科学・経済の発展を一貫して批判し続けた。

ヘッセは、東西の宗教や思想に通暁し、あらゆる両極的な対立を克服して、そのどちら側からも見ることのできたヨーロッパではきわめて稀な思想家である。しかもヘッセの思想は非常にわかりやすい。それは彼の思想が抽象的な論理を組み立てたものではなく、たとえば樹木とか、草花などつねに具体的な実例と結びつき、庭仕事などの実際の経験を通して得られたものだからである。

この書は地味なものではあるが、このような、たえず自然の中の自分、宇宙の中の人間を考えていたヘッセの思想が随所に現れている。これからは、このような自然と一体となった思想に基づかなければ、いかなる哲学もいかなる進歩も人類の福音とはならず、価値を失うことになるのではないだろうか。

人間はさんざん自然破壊をくり返してきてようやく自然の大切さに気づき、「自然保護」などと言いはじめたけれど、人間の都合だけの勝手な理由をつけた、結局は金もうけのための大規模な自然破壊は一向に止む気配がない。子どもたちや若い人たちの「自然ばなれ」をそのままにしておく限り、この傾向を押し止めることはできないであろう。

ヘッセは、編者も指摘しているように、今世紀初頭の近代化の歩みの中で自然が開発の脅威にさらされはじめたとき、いち早くその危険を察知して、自然を賛美した作品『ペーター・カーメンツィント』を発表して以来、詩やエッセイや小説の中で、機会あるごとに自然の素晴らしさや大切さを描き、それを破壊する人間の物質文明に警告を発してきた。ヘッセの汎神論的自然観と「質朴さ」を最上とする人生観は、自然破壊や過度の贅沢が世界的に問題になっている現在、ますます輝きを放つ。これを機会に私はもう一度はじめからヘッセの作品を読み直してみたいと思っている。

訳出にあたっては、とくに動植物の名前に注意を払った。一般に文学作品に現れる動植物の名前については、あまり詳しく調べられない傾向があるが、これはこのような作品の場合許されることではない。語学的な誤訳はわりと見つかりやすく、訳者の恥で済むけれども、動植物名の誤訳は見つけることが困難で、原作者が読者に誤解されることになりかねないからである。

動植物名の固有名詞は原則としてカタカナ表記にしたが、桃、栗、葡萄、百日草など漢字にしたところもあり、作品ごとに不統一なところもある。これは意識的にしたことである。

ヘッセの文章は読めば読むほど味が出てくるとともに、ますます難解なものになってくる。いわゆる直訳では意味がわかりにくいところがあるため、原文にない言葉を補ったところも少なくない。エッセイ「木」と童話「イーリス」と数編の詩の訳出に当たっては、それぞれ尾崎喜八訳と高橋健二訳を参考にさせていただいた。また今回の翻訳も、ケルン大学教授ハンスユルゲン・リンケ博士に多くのご教示を受けることができた。心から感謝の意を表する次第である。

出版に際しては、草思社編集部の木谷東男氏に大変お世話になった。厚くお礼を申し上げたい。

一九九六年五月

岡田朝雄

文庫版あとがき

ヘルマン・ヘッセ詩文集『庭仕事の愉しみ』の文庫版が刊行されることになった。思えば本書の初版が刊行されたのは、十五年前の一九九六年六月のことで、翌月には、思いがけなく、大型書店で数週間ベストセラーにランクされた。新聞・雑誌にも、数多くの書評が掲載され、「ビジネスマンが突然憑かれた『宮沢賢治』『ヘッセ』って何だ」（週刊ポスト）、「ヘッセ『庭仕事の愉しみ』は60歳のバイブル」（週刊朝日）などと特集された。文学が低調だった時期に、このような地味な本がこれほど評判を呼んで一種の社会現象になろうとは、訳者である私自身夢にも思わなかった。

この理由のひとつは、当時、偶然にも庭ブーム、園芸ブームの時期と重なり、多くの庭や園芸に関するノウハウブックが刊行され、本書がその思想的バックボーンの役割を果たすことになったからではないかと思われる。

本書はヘッセの著作に関して最も詳しい編集者フォルカー・ミヒェルスによって一九九二年に編まれた庭に関する詩文集で、エッセイ十二編、詩二十七編、叙事詩、小説、童話、日記、書簡など、翻訳当時はそのほとんどが本邦初訳のものであった。現在は、『ヘルマン・ヘッセ全集』全十六巻、『ヘルマン・ヘッセ　エッセイ全集』全八巻（臨川書店）や、ヘッセの書簡選集が二冊（毎日新聞社）刊行されて、そこに収録されたが、その中から本書に収められたものを選び出すのは容易なことではない。

ヘッセは、友人に宛てた手紙の中で、こう書いている。

「庭仕事は私をとても疲れさせ、少しきつすぎますが、これは、当今人間が行い、感じ、考え、話すすべてのことの中で、最も賢明なことであり、最も快適なことです」（二二〇頁）

「土と植物を相手にする仕事は、瞑想するのと同じように、魂を解放し、休養させてくれます」（二三五頁）

ヘッセは、信じられないほど勤勉な人であった。厖大な文学作品・政治評論のほかに、三千点の書評、そしてじつに三万五千通の手紙を書いたといわれる。これら文筆の仕事は、午後から夜にかけて行われ、午前中は、水彩画（三千点あるといわれる）を描くことや、庭仕事に当てられた。ヘッセは若い頃から生涯にわたってひどい眼の病に苦しめられた。「庭に出て眼の疲れを休めずに、閉じこもってただ仕事ばかりしていると、私の眼はひどく弱って、何日ものあいだ涙が出て痛み、まったく使いものにならなくなって、何もしないで過ごさなくてはなりません。私が死を考えるとき、それはとりわけこの私の小地獄が終わることを意味し、この終焉はこの上もなく快いことです。私の半生は、この眼のために暗くなってしまったからです」（二三五頁）と書いている通りである。庭仕事は、その苦しみの何よりの癒しとなり、それが新たな創作の原動力になったのである。

本書が評判を呼んだもうひとつの理由は、やはり晩年のヘッセの魅力であろう。出版社には数百通の読者カードが寄せられており、それによれば、特に五十歳以上の方々の中には、若い頃ヘッセの作品を愛読した懐かしさから本書を手に取ったという人が多く、晩年のヘッセの言葉に眼からうろこが落ちるほど感激したり、共感したり、慰めや励ましを受けたりしたことが感謝をこめて綴られている。

四十代、三十代、二十代と若くなるにつれて、初めてヘッセを読むという人も増えてくる。都会の生活やサラリーマン生活では味わえない土いじりの素晴らしさにあこがれる人、ヘッセの深い自然愛や、自然を無視して狂奔する人間への警告を読み取る人、また日常生活では得られなかった安らぎと癒しを得たという人などさまざまである。人工的な便利さや面白さを求め、飽食や過度の刺激や贅沢を求める現代、人間の勝手な理由をつけた開発、農薬、原発などの大規模な自然破壊はやむことがない。子供たちや若い人たちの自然離れをこのままにしておくかぎり、この傾向を押しとどめることはできないであろう。

しかし、一読者からの便りは、頼もしいかぎりである。

「三人の孫からバースデープレゼントされ、最高にうれしい。私は六十五歳になって益々、庭仕事が唯一の愉しみとなった壮健人である。若かりし頃の『車輪の下』は、今この『庭仕事の愉しみ』として贈られ、ヘルマン・ヘッセが孫たちに受けつがれることを心嬉しく思う」

三月十一日の未曾有の天災と人災に深く心を痛め、政治家の指導力のなさに怒りを感じ、関係した科学技術者のたよりなさにあきれ返りつつこれを書いているときに、編者フォルカー・ミヒェルス御夫妻から見舞いの手紙をいただいた。その一部を紹介したい。

「つい先日、日本を襲った三重の大災害を知ってからというもの、私たちは何度も何度もあなたのことを思い、あなたや東京やあなたのお国の人びとが、原子力発電所の大惨事の測り知れない悪影響をこれ以上受けないですむように願っております。私たちが工業の進歩と考えているものは、徐々にその代価の支払いを請求してきます。私たちは、後世の人びとの生活まで脅かすことになる長期にわたる損害という代償を支払って、目前の成功を獲得しているのだということに、今、またしても、そして遅まきながら気づくことになったのです……」

最後に、第二次世界大戦中の一九四〇年に、ヘッセが息子、三男のマルティーンに書き送った一文を引用して、結びとしたい。

「詩人が、もしかしたら明日にも破壊されているかもしれない世界の真っただ中で自分の語彙を苦労して拾い集め、選び出して並べることは、アネモネやプリムラや、今いたるところの草原で成長しているたくさんの草花がしていることとまったく同じことです。明日にも毒ガスに覆われているかもしれない世界の真っただ中で、花たちは念入りにその葉や、五弁あるいは四弁あるいは七弁の花びらや、なめらかなあるいはぎざぎざの花びらを、すべてを精確にできるかぎり美しく形づくっているのです」（二三二頁）

文庫版刊行に際してお世話になった、草思社の編集長藤田博氏と麻生泰子さんに心から謝意を表する。

二〇一一年四月　　岡田　朝雄

＊本書は、一九九六年に当社より刊行した著作を文庫化したものです。

草思社文庫

庭仕事の愉しみ

2011年6月10日　第1刷発行
2021年9月8日　第5刷発行

著　者　ヘルマン・ヘッセ

編　者　フォルカー・ミヒェルス

訳　者　岡田朝雄

発行者　藤田　博

発行所　株式会社 草思社

〒160-0022　東京都新宿区新宿1－10－1
電話　03(4580)7680(編集)
03(4580)7676(営業)
http://www.soshisha.com/

組　版　株式会社 キャップス

印刷所　中央精版印刷 株式会社

製本所　大口製本印刷 株式会社

本体表紙デザイン　間村俊一

ISBN978-4-7942-1834-6　Printed in Japan